无疆的文学

世 界 的 音 符

尚
书
房

走向世界的中国作家

滚钩

陈应松 著

CHINESE WRITERS
WITH WORLDWIDE INFLUENCE

文化发展出版社
Cultural Development Press

图书在版编目（CIP）数据

滚钩/陈应松著．—北京 ：文化发展出版社有限公司，2016.8
ISBN 978-7-5142-1350-8

Ⅰ．①滚… Ⅱ．①陈… Ⅲ．①中篇小说－小说集－中国－当代
Ⅳ．①I247.5

中国版本图书馆CIP数据核字(2016)第129677号

滚　钩

陈应松/著

出 版 人：赵鹏飞
总 策 划：尚振山　曹振中
责任编辑：肖贵平　罗佐欧
责任校对：郭　平　　**责任印制**：杨　骏
责任设计：侯　铮　　**排版设计**：麒麟传媒

出版发行：文化发展出版社（北京市翠微路2号　邮编：100036）
网　　址：www.wenhuafazhan.com
经　　销：各地新华书店
印　　刷：北京兴星伟业印刷有限公司
开　　本：889mm×1194mm　1/32
字　　数：136千字
印　　张：7.5
印　　次：2016年8月第1版　2018年8月第2次印刷
定　　价：28.00元
ＩＳＢＮ：978-7-5142-1350-8

◆ 如发现任何质量问题请与我社发行部联系。发行部电话：010-88275710

编委会

野　莽：中国作家，编辑家，出版家。作品被翻译成英、法、日、俄等国文字。国外出版有法文版小说集《开电梯的女人》等多部作品。主编有中、英文版“中国文学宝库”（50卷），中文版“中国作家档案书系”（30卷，与雷达），“中国当代长篇小说评点绘画本丛书”（15卷）及“中国当代精品文库”等大型丛书数百种。

安博兰：（Geneviève Imbot-Bichet），法国汉学家，汉法文学翻译家，出版家。法国Éditions Bleu de Chine创始人。早年于台湾学习汉语，曾在法国驻华使馆（北京）任职。现为法国珈利玛出版社（Gallimard）中国蓝丛书负责人，法国“中国之家”文化顾问。曾翻译出版了大量中国作家的作品，其中最具影响力的有荣获法国三大文学奖之一——费米纳（Fémina）外国文学奖的《废都》。

吕　华：中国翻译家。曾任中央编译局中央文献翻译部法文处处长，中国外文局中国文学出版社副总编辑，中译法最终审稿、定稿人。对外翻译过三任国家领导人的文集。文学翻译有法文版长篇小说《带灯》以及大量中国当代作家如汪曾祺、陆文夫、贾平凹、韩少功、陈建功、刘恒、莫言、阎连科、周大新、王安忆、铁凝、方方等的代表作。

贾平凹：中国作家，书法家，画家。中国茅盾文学奖、费米纳文学奖、法国政府奖、美国美孚飞马文学奖获得者。作品被翻译成英、法、德、意、西、捷、俄、日、韩、越等二十多种文字。在国外产生影响的有英文版长篇小说《浮躁》，法文版长篇小说《废都》《土门》《古炉》等。

周大新：中国作家。中国茅盾文学奖获得者。作品被翻译成英、法、德、朝、捷等十多种文字。国外出版有法文版长篇小说《向上的台阶》等多部作品。由其短篇小说《香魂塘畔的香油坊》改编的电影《香魂女》获柏林国际电影节金熊奖。

尚振山：尚书房图书出版品牌创始人。出版有“中国名家随笔丛书”、“中国文学排行榜丛书”、“中国小小说名家档案”（100 卷）等。

不仅是为了纪念

——“走向世界的中国作家”文库总序

野　莽

尚书房请我主编这套大型文库，在一切都已商业化的今天，真正的文学不再具有20世纪80年代的神话般的魅力，所有以经济利益为目标的文化团队与个体，已经像日光灯下的脱衣舞者表演到了最后，无须让好看的羽衣霓裳做任何的掩饰，因为再好看的东西也莫过于货币的图案。所谓的文学书籍虽然也仍在零星地出版着，却多半只是在文学的旗帜下，以新奇重大的事件冠以惊心动魄的书名，摆在书店的入口处引诱对文学一知半解的人。尚书房的出现让我惊讶，我怀疑这是一群疯子，要不就是吃错药由聪明人变成了傻瓜，不曾看透今日的文化国情，放着赚钱的生意不做，却来费力不讨好地搭盖这座声称走向世界的文库。

但是尚书房执意要这么做，这叫我也没有办法，在答应这事之前我必须看清他们的全部面目，绝无功利之心的传说我不会相信。最终我算是明白了他们与上述出版人在某些方面确有不同，私欲固然是有的，譬如发誓要成为不入俗流的出版家，把同行们往往排列第二的追求打破秩序放在首位，尝试着出版一套既是典藏也是桥梁的书，为此已准备好了经受些许财经的风险。我告诉他们，风险不止于此，出版者还得准备接受来自作者的误会，这计划在实施的过程中不免会遇到一些未曾预料的问题。由于主办方的不同，相同的一件事如果让政府和作协来做，不知道会容易多少倍。

事实上接受这项工作对我而言，简单得就好比将多年前已备好的课复诵一遍，依照尚书房的原始设计，一是把新时期以来中国作家被翻译到国外的，重要和发生影响的长篇以下的小说，以母语的形式再次集中出版，作为中国当代文学的经典收藏；二是精选这些作家尚未出境的新作，出版之后推荐给国外的翻译家和出版家。入选作家的年龄不限，年代不限，在国内文学圈中的排名不限，作品的风格和流派不限，陆续而分期分批地进入文库，每位作者的每本单集容量为二至三个中篇，或十个左右短篇。就我过去的阅读积累，我可以闭上眼睛念出一大片在国内外已被认知的作品和它们的作者的名字，以及这些作者还未被翻译的21世纪的新作。

有了这个文库，除去为国内的文学读者提供怀旧、收藏和跟踪阅读的机会，也的确还能为世界文学的交流起到一定的媒介作用，尤其国外的翻译出版者，可以省去很多在汪洋大海中盲目打捞的精力和时间。为此我向这个大型文库的编委会提议，在编辑出版家外增加国内的著名作家、著名翻译家，以及国外的汉学家、翻译家和出版家，希望大家共同关心和参与文库的遴选工作，荟萃各方专家的智慧，尽可能少地遗漏一些重要的作家和作品，这方法自然比所谓的慧眼独具要科学和公正得多。

当然遗漏总会有的，但那或许是因为其他障碍所致，譬如出版社的版权专有，作家的版税标准，等等。为了实现文库的预期目的，那些障碍在全书的编辑出版过程中，尚书房会力所能及地逐步解决，在此我对他们的倾情付出表示敬意。

2016 年 5 月 7 日写于竹影居

目录

太 平 狗

1

程大种烦乱得直吼。自家的狗不知怎么跟上了他。他是出外打工的，可他带着一条狗。嘿嘿！哭笑不得哟！

天气还好，路上净是尘土，头上、身上裹着一层磷矿粉。他搭上了磷矿的一辆顺风车，走过了两个县的地界，根本连想也没想到狗会跟着他。他那时站在远安县苟家垭的岔路口上——汽车把他甩下往另路走了。他看天空，舒筋骨，再拦车，就看到后头远远地向他奔来一只紫铜色的狗，溅起一路灰尘，鼻子里喷着糟气。

“太平！”程大种惊叫起来。我咋没见着呢？一路在车上往后看哩。“你，你是怎么?！……”

几百里地，离家已有几百里了，它就这么在汽车的屁股头跟着？我上车时它藏在哪个旮旯呢？

“快回去！快回去！”想起自己前脚才踏出门槛，后脚就有家里的东西跟上来了，这不是不让你走嘛！这鬼狗，比人还讨厌。幺儿还能哄了，说我再回来给你带糖回来吃，幺儿就不赶你的路了。

可那狗不服搼，一脚踢去，踢走了两步，又依依回了头，还向你摇动着谄媚的尾巴。狗不跟着主人跟着谁呢？这让那狗有点迷惘。狗是条神农架的纯种猎狗，当地叫赶山狗，嘴头粗，尾巴直，下巴上两根箭毛，是同村的蔡三爹捉来给他的。蔡三爹过去是个打匠（猎人），最多家里养八九条狗。狗通红的鼻子，从小就很好看，腿长，眼像镀了层金子似的，炯炯有神；每天睁着警惕的眼睛，对着山、鸟、虫子、老鼠狂嗥，连虱子也不敢进他家。它就是一百把安全锁，所以就取名太平。话又说转来，咱丫鹊坳的哪条狗不是太平狗？没有野牲口咬伤人畜事件，盗贼闻见了它们的气味，一泡尿百分之九十撒在裤子里。可我现在不要你，太平，你这哑糊苕！我这不是走亲戚，是去城里找活干的！滚滚滚！滚！回去！

试了几下，一来二去，赶不走，黏上了。就火了，怒从心起，操起路边小卖部门口的一把锨，劈头就照狗砍去，那狗哪晓得主人会对它下如此毒手，防都没防，腰椎就喀嚓一声断了，打落尘埃，发出悲恸的惨嚎，爬不起来了。

主人准备继续赶路，懒得理这狗了。别人把它拖去剐皮煮肉那是别人的事，与他无关。狠心了结了一桩事，还一阵轻松。人在外，心就狠了，像毒蛇。可狗在后头哭泣着，挣扎着，那小卖部里的老倌子还出来心疼地观看，一个陌生人打一条陌生狗。看狗时，狗又晃晃悠悠地爬起来了，狗很怪，怪模怪样的，一看就是深山里的怪物，与野兽们一起长大的。那怪狗岔开四条长腿站起来，平衡了一下身子，用舌头舔了一下鼻子里流出的血泡——鼻尖通红，不是血。这狗就又向那个陌生的施暴人撵去，夹着粗壮笔直的尾巴。可那人依然不依不饶，一双山魈眼横竖看不惯它，又跑过来操起那锹，又是一锹。这一下，是尘埃落定了，狗再也爬不起来，呜咽着悲愤和绝望，听那时断时续的哀鸣，是在喊痛哩，或者还有什么，控诉一般的。那个施暴人在路上暴躁地走着，拦车，什么车都拦，自行车也拦。后来拦到了一辆长途客车，跳上车去。车就被自己轮子搅起来的漫漫黄尘给吞没了，就像一条沟里的鱼搅浑水藏起自己一样。

一团黄尘在蜿蜒起伏、颠簸如浪的公路上渐行渐远。

半夜时分，昏昏沉沉的程大种从梦中醒来，感到一个暖热的膀子挨着他，这是卧铺客车，心想着旁边的人是个男的，不会离自己这么近，各自在臭醺醺的毯子里睡觉嘛。一睁开眼，一张狗脸在黑暗中闪现。狗，太平！这狗何时爬上客车来了？

半路上是停过几次，人上上下下，还拉尿、加油，狗就窜上了车？狗不是已经给打死了吗？

程大种心像刀子割，这狗可是只异狗，狗皮膏药粘上自己啦。就势一掀，将那狗掀到走廊里，还踢了一脚。狗嗷嗷大叫，好不委屈。一声狗叫，吓得那在半夜漫游的司机从鸿蒙中惊醒过来，差点撒了方向盘，只见车一个尥跃，在路上闪闪失失几下，满车人也都给惊醒了，从毯子里伸出头，一双双通红的眼里全是遭劫般的觳觫。这时就见一条狗从人的头上越过，撵狗人在走廊里高捋着袖子，咬牙切齿，骂骂咧咧。这激怒了一车人，司机在民意的支持下动了怒，将人与狗双双驱逐出车，将他们丢在了荒郊野地。

两天以后，程大种与他的狗才到达汉口。

他是把狗装入一个蛇皮袋子里，紧紧扎着，像装一块石头一样，怕狗乱叫，又将狗两脚踹昏了，这才上了另一辆汽车。

到了汉口，那叫太平的狗还没能吸一口城里的空气，还蜷在自己的屎尿里，在黑暗憋闷的袋子里煎熬着。但从车上下来后，它已经醒过来，浑身疼痛难忍。一阵冷水，浸到心中去了——那是主人程大种在一个自来水管前浇它——是怕它有股子臭味。这样就背到了程大种的一个姑妈家里，可是亲姑妈。这姑妈是随自己在神农架林场的丈夫进城的，在省林业厅一个下属的木制品厂做技术活。那男人——也就是程大种的姑父早死了。姑妈住在一栋灰不溜秋的老房子里，从楼房外一个砖石砌的楼梯上去，进黑咕隆咚的走廊。找到姑妈家，就说：

“姑妈，我给您背一只狗来了。”

那意思是说：您杀了吃吧，神农架的特产，肉狗啊。程大种倒出那狗来，那狗像得了软骨病一样的，已经快不行了。哪知姑妈误会了他的意思，以为是让她养这只狗，这只巨大的、长相怪异的猎狗，立马变了脸色，大怒狂呼道：

“还不甩出去！”

狗像一床破棉絮扔了出去。这神农架赶山狗太平趴在楼梯口那个露天平台上，费了好大的劲才清醒，一看是异乡世界，心里火烧火燎，几天没吃没喝啊。

又站起来了，狗的生命力是顽强的，特别是猎狗，野兽只要不把它的身体吞吃，只剩下一块肉，这块肉也能行走。现在，它急切地寻找它的主人，它踅回去，抓门，啃门，无济于事，就趴在了门口，依然不吃不喝。不见到主人，它是不会吃喝的。这狗倔。

半夜之后，城里的风渐渐加大了，喧嚣小了，冷得不行。水泥地忒冷，像趴在冰窖里一样。太平就用两只前爪垫着自己的肚皮，也就垫了自己的身子。肚子里咕噜咕噜地乱叫，嘈嘈切切，吵吵嚷嚷。它就站起来，想松松筋骨，又疼痛难忍，在黑暗中嗅看着这走廊里有没有可吃的东西。一个洋铁罐里有一些臭水，太平喝了几口，不对味，还烧心。一只老鼠从蜂窝煤堆里探出头来，又缩了回去。太平在那儿守了半夜，没见到老鼠再出来。东窜西窜，竟在一个塑料袋装的垃圾里寻到了两块骨头。因为害怕，又吃得急切，骨头没嚼碎就吞进了肚里。那骨头就戳着它的胃，戳出肚皮，用爪子一摸就能摸到，可难受了。太平真想把那骨头抽出来重新咀嚼一遍，没什么危险嘛，何必这么慌里慌张呢？

再趴下来时，胃更难受，就像吞进去了一堆碎玻璃。三月的风蛮横无理，比神农架的风大多啦。话又说转来，神农架再大的风它也有一个草垛呀，有个狗窝呀。在城里它没有。

2

早晨程大种从门里出来的时候，一脸被姑妈数落过的痕迹，眼肿肿的。姑妈被那要死不活的狗惊吓过后，就在侄儿程大种的面前完全变了个人，像个泼妇，像公安局的，对他大加斥责。具体归纳起来有如下几条：

一、你太野蛮不懂事了，弄一只活狗来让你七十三岁的信佛姑妈剐，你是个神农架的野人？

二、自你姑爹（父）死后我就不喜欢别人到我家，逢年过节我也不让儿子媳妇回来。我骨质增生，长了骨刺呢，我这大年纪了伺候哪个吃？我自己都吃不来了。

三、你作为一家之主，丢下老婆娃儿到城里来寻快活，地不种了，娃儿不管了？老大狗儿读初中，正要人管的时候，你不辅导他的学业，丢下不管了，他学习上不去到时考不取大学又像你一辈子在神农架挖山不止，把自己弄得没一点教养没一点出息，你失职哩！

程大种想解溲问姑妈厕所在哪儿？姑妈说在楼下往西拐走三百米再靠左进去，有公共厕所，不要在屋里屙。程大种竟不想出去，没了一点尿意。在城里，连尿意也没有，人只有一个大脑和嘴，嘴以下没了知觉。姑妈丢给他一床旧毯子，还是姑父当兵时用过的，就这么在沙发上对付了一夜。

早上起来的时候他下楼去找厕所，带着自己的狗，那狗（又活过来啦！）找了一棵蔫不拉唧的树撩起腿排泄了几滴。虽受了汹涌的斥责，东西还是放在姑妈这里去找工作。在没找到工作前还得厚着脸皮在姑妈这儿蹭个沙发。人到了城里就没个尊严了，就把脸皮取下来让人当茅厕板子踩。自己的亲姑妈都这样对待自己，还能指望城里人个什么。也是，她怕个甚！

她还怕得罪你不成？她七十多了又长骨刺，还指望重回神农架那老山里让你这侄儿好吃好喝招待她？她也不在乎你拿来的那两包木耳香菇，这东西贱哩，程大种知道城里到处都有买的，比不得过去连白糖肥皂猪肉都要票。

程大种一脸苦相黄着脸去找工作，后头跟条狗，一肚子火气，糊里糊涂地上了一辆电车。

“呀！狗！”

一声女性受虐的疯叫，一个女子就扑向了一个男人的怀中。这女子正坐在程大种的旁边。

狗在自己腿缝里夹着，狗又没惹事，低着头，让形象缩得很小，可一个男人保护女人的豪气就冲过来了，胡睖着两只眼，说：

“把狗搞下去！”

“这狗……”程大种分辩。

“狗啊狗，这是只乡里的狗！这狗多脏，这狗定有狂犬病！”

一听说有狂犬病，车上的人纷纷挤到车门口拍着门要下车，有人打开窗子就往下跳。一时间电车乱了，电车的辫子也掉了。程大种惶恐不已，知道自己闯下了祸，在城里这乡下人就很敏感还自责，连连说：

“这狗没病，没有病！它是条猎狗，赶山狗！”

他的意思是说这狗雄壮能干着呐，不是条病狗。可几个不怕事的男人就要来揍他了。因为有几个女人开始哭叫，这是男人大显身手表现自己的好时机。

“没有病！”他喊。程大种喊。想找个能支援自己的信息。目光搜遍了车厢也没有，全是仇恨和冷漠的眼睛。那狗此时也不争气，因为主人在与人争执，就像主人在山里遇见了野牲口，它当然要跳出来，虽被主人夹紧了，可头高昂着，舌头拉长着，嘴龇着，猎狗的威风出来了，只等一声喝唤，一阵风，就咬住了猎物，拼个鱼死网破。

“没有病的！”

程大种急中生智就将手塞进了太平的嘴里，紧挤它的两排牙齿，让它咬自己。那狗的上下颚被程大种狠狠地挤压，像压一副磨子。程大种的手指终于凿穿了，血从指头流出来，狗嘴里全是红津津的血，人血，乡下人的血。

“不要紧的，没有狂犬病。”程大种高兴地说。

程大种吮着自己的鲜血，走在大街上。黄磣磣的天空根本分不出是早晨还是傍晚，红尘暴土，人流匆匆。他来到了武圣路劳动力市场。那里聚集着黑压压的找工作的人，操着不同的口音。也游弋着一些坏人，眼珠贼溜溜地围着一些年轻的乡下妹子看，不怀好意；那些乡下妹子护着自己的各色背包、款包、旅行包，表情落寞，就像赶集时牛市场那些站在粪水里等人看牙口膘色的牲口。几个卖馒头和豆浆的老太婆穿梭在人群中；一些招工的人站在一块预制构件上大声地宣传着他们的优惠条件，以吸引人跟他们走："……包吃包住，每月五百元，每天工作八小时，加班另计工资！……"可说破喉咙，周围的人也无动于衷，一副害怕受骗上当的警惕神情。招工的人只好无奈地丢下烟头，啐了一口痰，骂骂咧咧地走了，再去找另一处的女孩。

带着狗的程大种在找工作的人群里，立马就被好奇的人包围了。"这狗好怪啊？是什么狗?""你想卖狗?""这狗脏。""烂狗。"有人捂着鼻子，避之唯恐不及。但还是有许多人要问个究竟。程大种不说话，巴不得别人把这条狗牵走。狗身上有血，有脏屎，有苍蝇一阵阵向它袭击，而且因饥饿使肋骨四现，走起路来有点喝醉的样子。等有人问清情况后，就给他指点说：带着狗是找不到工作的，又是条老山里的猎狗。不带狗如今都找不到工作。这狗伤痕累累，一看就是条疯狗，你说不是没人信。如今城里人很难信别人说的，报纸上的都不信还信你!

看狗的人多雇他的人少。谈了几个，没谈拢；有的言谈时旁边的好心人还给他递眼色，意思是不言自明的。

整整一天，程大种徜徉在市场上，有时看着这狗。狗也可怜巴巴地看着他。没有结果。程大种只好回姑妈那儿去。

他走到姑妈门口敲门没有应声。他姑妈发誓不给这个山里的侄子开门。昨天晚上，她无端梦见了老头子，老头子变成了一只狗，狗头，而身子还是人。那狗就是侄儿牵来的那条狗，老头子说：你把我剐了，腌了吃，炖汤喝。她不干，老头子就朝她一口咬来。老头子唉老头子你咋变成一只狗了？姑妈怀着绝世的仇恨在屋里保持着沉默，并且准备着那个乡下的侄子破门而入。好了，总算这样的结果没有出现，那个敲门声消失了，走远了。老妇人揪着心，终于吐出一口长气，丢进一颗防心脏早搏的药，人紧张啊。

3

程大种原路踅回大街。

黄昏的城市发出冷灰色的光芒，马路牙子上到处是油腻腻响当当的呛人声音，到处蒸腾着炒菜的热气和辣味，到处是泼出的脏水和冲出来的碗筷声。从煤气管里喷出的蓝火发出呼呼的轰响，炝锅的节奏就像是一种嘲笑，对程大种这种人不顾一切的嘲笑和抛弃。乞丐正在沿街乞讨，拿着碗，斜背着用绳子当背带的蛇皮袋子；民工正在啃干馍馍。程大种想起昨夜姑妈数落他的话：不读书就像你们一样，男的出来当苦力，女的当鸡，不是死在城里就是伤残在城里。

程大种吃了一碗热干面，讨了一碗开水喝，然后将碗（一次性的纸碗）装了些残水，让太平舔。太平舔着热干面碗，又瞅准桌底下半截面窝，飞快叼起来就吃了。又跟着主人在马路上游荡，又捡了几个乱七八糟的可食东西如梨子核呀、灰裹的硬馍呀还有一泡小儿的干屎。

天已经黑了，风加大了。狂怒的寒风趁着黑暗肆虐，横扫着街道和路人；一些店铺的牌子和雨阳篷被吹得啪啪嗒嗒乱响，风沙弥漫，人睁不开眼睛。寒潮下来了。

程大种没想到会遇上这场寒潮的，倒春寒，让他一点准备都没有。老山里都已经暖和了，老婆陶花子给他准备所带的衣物时，他坚称别带这么多，硬是把毛衣绒裤放家里了，身上就一件老婆织的旧毛背心，轻装出行。城里的风像刀子，因为你没地方可去，没有一个可躲的茅棚或山洞。到处都是人，到处都是房子，可你进不去。高楼高得望断颈子，无数个窗口和门，那不是你的。背着一个山里的背篓的程大种，带着一条与他一样冻得瑟瑟发抖的狗，彳亍在街头。今夜到哪儿去投宿呢？

狗望着默默无语的主人。程大种没看那狗，他的目光停在了高架桥下的一块地方，那儿避风。有几个拾荒人或者乞丐或者傻瓜聚集在那儿，围着一小堆半燃不燃的火。火很好，柴烧的火很好，很接近神农架。冷了，拾一抱柴，架上，点着，人就暖了。在石崖下，在山洞里，也是几个人围着。

程大种就走过去了。

一个犬牙交错，头发深长的流浪汉对着不肯停息的北风正窝着一肚子火，见一个人牵了条狗走过来，是想避风的样子，找到了挑衅的对象——在黑暗中突然给使了一个绊子，程大种就一个踉跄。

“狗！狗子！狗！”

流浪汉恶躁地吼叫着，操起一块砖头就砸那狗太平。一砖头砸在太平的头上，太平顿时天旋地转，嘴里发出哀叫声。程大种见人砸自己的狗，就拿眼找挥砖人。

“狗又没咬你。”他查太平的伤，太平浑身战抖着。这时一个老者拦住了撒泼的流浪汉，并向程大种示意他可以不管，可以坐在这里，坐在他们一堆，可以烤火——假如他不想走开的话。

程大种因为整个的表情跟他们一样：无家可归。从装束，到神色。那些人就以十分遥远的、敌意的目光接纳了他，有些人还在咕咕哝哝，估计是喃喃自语。火很小，狗和人很大，程大种挤不进去，也没想挤进去，坐在可以伸出一只手去取暖的外围。因是高架桥的下坡，很矮处没有风，几乎没有，还有一扇水泥墙，程大种就慢慢靠上了那堵墙，屁股下也悄悄塞进了一个草垫。

一个遛狗的人横过了马路——被一条苏格兰牧羊犬拽着。那狗看到了太平，就要来嗅嗅它了。狗嗅着狗，不管它脏不脏。一只是干净的喷香的狗，一只是肮脏的发臭的狗；一只精神抖擞，激情澎湃，一只神情怠倦，要死不活。可两只狗都十分高大，差一点就一见如故，一见钟情，但被那城市狗的主人给呵斥住了，并下力地把那城市狗拉开。两只狗以狗的语言吠叫时，太平就显示了它喉咙的粗壮，是一只喊山的嗓子，胸腔有积蓄，气流洪大，吸海垂虹，可以产生坚定堂皇的回音。它还在吠，好像是在继续与城市犬交流，表达自己的礼仪，也表达着自己的存在。以太平的见识，它没有见过这种苏格兰牧羊犬，还有一股奇异的香味，这香味带着令人沉醉的高贵，这是神农架所有的狗没有的。多香啊。太平回味着那狗身上的香味，突然身体有些回温苏醒了。

风依然在残酷无情地吹，太平还在叫着。它的叫声听起来像是对这个城市的一种警告。至于它让城市小心什么，那是不知道的——它确有一种震慑力。

那些烤火和聚集的城市流浪者们这时都不敢出声了，都缄默着，抱着膝盖，不敢再对程大种怎样。那个想给他和太平一点颜色的男人也不再发难了，闭目养着神，并躲着太平。程大种这才回过神来：有一条狗多了个胆啊！这跟咱山里一样，在山里砍柴采药、出坡干活，跟上条狗，就啥也不怕了，坏人不怕，野兽不怕，迷路也不怕。

狂风依然在马路和人行道上狂吼，行道树被风吹得东倒西歪像患了癫痫，发出受虐的呼叫。寒冷和凄伤此时像双剑刺穿了山里汉子程大种。他唯一可以抱着的就是那条狗：太平，被他几乎置于死地的狗。现在，太平是他唯一的亲人，是唯一散发着神农架深山丫鹊坳家中气息的东西，它的那从肚子里发出的温热在一阵阵安慰着程大种，并且暗暗帮他抵御刀割般的寒冷和心酸。在家千日好，出门时时难哪，他在想。不出来又咋办呢？娃子要上学，老母亲好在死了，可自瘫痪之后，加上办丧事，亏了一笔债。收成少，人又没什么本事，不出来找点事干怎么办呢？出来之前，瘫痪叫唤了三年多的老母亲终于闭气了，到天堂享福去了，他也舒了一口气，就想到山外透透气，挣几个钱，然后再打理这个家。希望总是有的，特别是当老一辈的累赘卸下之后，人的担子好像遽然轻了许多，心中有一种隐隐的愉悦。这一点不假，久病床前无孝子啊。我程大种这三年来为妈端屎端尿，擦澡洗身，尽到了一个儿子的责任，病得这么久，也该走了。

可是，我却走到了这里，出门不易哟！

有一种鼻酸。这时那个和气的老者要躺下来睡觉，也示意要程大种躺下来睡觉，还从自己背下拉出来一张草垫给他。程大种这才看到，老人家只有一条腿。程大种看他缩紧身子，把自己钻进一件黑黢黢的棉大衣中去。那些人也一个个钻进桥洞更低矮的地方，默默地躺下了。

火差不多熄了，夜往深处刺去，风越来越大，气温越来越低。程大种枕着背篓，半躺半卧着，狗像一个乖娃子偎在他身旁。他睡不着，看着城市夜空璀璨的灯火。光亮还是有啊，日夜不熄，可就是冷，阒静无人。无人的大街何必点亮这么多的灯呢，还有会跑的、会闪的、会变幻的霓虹灯；霓虹灯在大楼的顶上，孤零零地向天空传情。丫鹊坳的家没有这么明亮，可温暖，家中四壁被烟熏火燎像刷了一层黑漆，特别是厨房旁边的火笼屋。火笼屋啊，火笼屋。他想。火笼屋。火笼里总是有未燃尽的火屎，壅在那白灰里，什么时候再烧，把火屎拨出来，架上柴，火笼就又燃了，发出噼噼啪啪的声音，火光撩人，人就从寒冷中回到了人间。那壅在灰烬中的火屎，早晨起来总是燃的，那就是灰中埋存的火种，跟庄稼地里的种子一样。有火种，添两把柴，一天热气腾腾的生活就又开始了。冬天我们并不害怕。火一燃，将那铜炊壶的隔夜温水倒出来洗脸，再续上水烧茶，给娃子烘热衣服催他们起来去上早学。然后喝茶，煮汤汤水水的饭吃，门外的雪与风那不是咱十分关心的事了。反正是冬天，反正是要下雪和起风的，冬天就是这个屌样。可城里的春天比咱山里的冬天还冷啊！……对了，还有那挂在头顶的一排排腊肉，陈年的，熏成黑炭色；新鲜的，也不几天就熏成了板栗色，透出一股子松针木脂的香味儿。走进火笼屋，全是那腊肉香味——肉是吊在楼梁上的，在楼板上——其实只是用细竹稀稀织成的楼板——炕着因山里过早下雪还来不及成熟的苞谷棒子，靠火笼的火热慢慢炕干，就叫了“火炕籽”。这火炕籽苞谷磨出的粉做的糁子，跟腊肉一样，也有股松香味儿，吃起来那个香呀！……鸡笼也在火笼屋里，农具也在火笼屋里，猫、狗也在火笼屋里；打盹儿、唱山歌子、逗娃儿玩也在火笼屋里；咳嗽也在火笼屋里。这火笼屋总像个碉堡，坐在厨房旁，与厨房相通。它不是火塘，火塘在堂屋。小火笼屋让咱家人、畜禽度过山里漫长寒冷的冬天。一坛苞谷酒一到了冬天就搬到火笼屋了，吃饭时，取一杯酒，鼎锅煮些懒豆腐或者洋芋煮腊肉，一家人围着火吃饭，火就是桌子，满头覆盖的木柴白灰就是幸福……

太平与主人紧紧地挤着。主人在半夜迷糊冻醒过来之后，摸摸那狗，突然想到要把狗弃了，找个活干有地方睡。

太平在主人决定坚决弃它的时候，因伤痛和饥饿而悲伤着。主人的两锨已让它大伤元气，无法恢复过来。主人的如此凶残让它闻所未闻，至今还大惑不解。这只狗还有一些没想明白的是：主人为何没一点笑脸？为何睡在桥洞里？为何在城里吃点东西喝上一口水有这么难？饥饿像北风一样呼号在它的体内，折磨着它的梦境。它想到了丫鹊坳那个芭茅草垛的梦境，还有在向阳的时候屋檐下木柴堆上的梦境。它自己在芭茅捆里掏出的洞，把整个身子蜷在里面，通红的鼻子从草里懒洋洋地伸出来。它会经常梦见一个叫火笼屋的地方。梦着梦着，它就会从火笼屋的火堆边醒来，不知道是谁把它弄到火堆边的，毛给火烤得嗞嗞地响，散发出一种焦灼的恶臭。它与猫拼命地打着架，猫是懒猫，一年四季懒，它看不惯它。它在火边喵喵地叫着，以求得人的同情。可狗是不可能懒的，在冬天，闲得无事的主人会很早唤醒它，带着猎叉和挠钩，奔向雪野和森林。你吃着骨头，你身子暖暖的，没有从早到晚的无望行走；你在森林里狂吠，捕食着毛锦鸡、野兔和竹溜子（竹鼠）；森林滋养你，让你豪气冲天。一只几百斤重的野猪又怎样？只要主人一声令下，你就会将它从刺丛、山沟里咬出来，与它展开绝命的厮杀！肉搏和噬咬，狂吠和奔驰，伤痕累累。可这无法阻挡你内心的狂喜，赶山狗的生命本应是这样的啊！……为什么在城里无法狂吠和奔跑呢？为什么不敢撕咬？……

4

太平在没有弄清这一切的时候，就被主人程大种带进了一个乱糟糟的集贸市场。

鸡鸭在以各自的声带拼命嘶嚷着，鱼在砧板上血淋淋地跳跃；活扒鹌鹑的人从鹌鹑的颈子那儿下手，像撕一张纸就把鹌鹑的皮毛给扒下来了，像脱一件羽绒衣，剩下光溜溜的、紫红色的肉；那鹌鹑可怜怜还在站着，还能站稳行走，还在叫着，咿耶咿耶……割羊头的先抓着羊头，一刀下去，羊头就掉了。羊四蹄踢蹬着，买新鲜羊肉的妇女们站着队，手上攥着人民币，嘴里流着哈喇子。只等新鲜羊肉扔到案板上，那羊肉还因为疼痛在一跳一跳，一个妇女就机灵地抓到了一块，扔进篮子里，羊肉依然在一跳一跳。

踏着一地鲜血往深处走，就是一个剐狗市场。十几个刽子手拿着刀在研究着屠狗方案。每一条狗因性情、大小不同，屠杀方式也是不同的。满地的狗血、狗毛、狗头、狗屎。笼里笼外，尽是些各种各样的狗，一边，狗与狗在调情；一边，狗在屠刀下被精心地杀戮；狗在笼子里吼吼着，不停地走来走去，像狼一样发出阴森的嗥叫；有的狗沉静地看着笼外走过的人和屠夫，对身边不远处被宰狗的惨叫声和喷出的狗血无动于衷。没有绝望和恐怖，仿佛永远与己无关。

太平被牵着走到一个戴着一顶帆布旅游帽子的男人那里，那个男人是个秃头，叫范家一，从小喜欢屠狗，靠着一剑封喉的绝招，在肮脏的血水与惨嗥中煎熬的生活来养活在乡下的一家人，并建造了村里最高大、用钢筋最多的房子。

太平看到范家一从他胸前挂着的一个小帆布包里掏出一百元钱给主人程大种，程大种说：

“别找了吧，就一白嘛。”

“九十就是九十，找十块钱来。”

程大种面露不情愿的神色，在他的口袋里左抠右掏。范家一就不耐烦了，用一副比狗还不耐烦的嗓子说：

“谁知道你在哪儿逮的匹疯狗，不是疯狗砍我的头！”

程大种说：“这是条猎狗，你杀狗的人不识货啊！”

“猎狗也疯了。”范家一说，手就伸了过来，十个指甲缝里全是乌黑的狗血，非要程大种找回他十块钱。

对范家一来说，他眼里不分猎狗与什么狗，都是狗，都是一块肉，只有肥瘦不同，大小不同而已。

一个人就将太平牵去，关进了一个铁笼子里。太平本来看着程大种与范家一在争钱的，不知怎么就被关进了一个大铁笼子里。这是太平放松警惕后犯下的一个错误，也可能导致了范家一认为这匹乡犬老实，对它下手迟而留了条命的原因。

太平关进了大铁笼之后，它的主人程大种连看也没回头看它一眼，就莫名其妙地消失了。太平进了笼子，笼子里关着许多狗，一下子置身于那些千奇百怪的狗中间，让太平无所适从。那些狗有狗味，却没有狗形——太平认为它们没有狗形，脏——全是街上抓来的流浪狗；怪——一个个长得奇丑无比。你看那没毛的沙皮，毛都没有那叫狗吗？太平还以为是范家一将它给拔了，拔净了呢。这秃狗，光光溜溜的好恶心，城里人爱无毛的狗，还爱没有尾巴的杜宾狗。太平看见一只大约是得了狂犬病的狗，没了尾巴，以为是它惹事给手痒之人剁了呢，心中想笑，但一看，又看到了还有一只。这杜宾狗，生来无尾，莫非是与人类交配的后代？可太平在山里看到的狗都有粟穗一样的蓬松的尾巴，那是在追逐奔跑时的舵，随时校正着它进击的方向。狗尾竖卷起来就是一股英气，让野兽望而逃遁的旗杆。更丑陋的是腊肠狗，就是狗中侏儒嘛，这狗日的狗，无腿狗，狗为何没有腿呢？腿为何只半拃长呢？可一条赶山狗要的就是四条好腿，翻越千山万岭，追捕飞禽走兽，赶撵着一座又一座山，没有高高的健壮的四条腿，凭什么在山野中生活？狗腿是在山中奔跑的枪刺啊；如果狗是一支箭，狗腿就是箭镞。可城里的狗不需要腿，主人不让它长腿，宁愿让它变态、残疾——城里人爱的就是这种千挑万选、一代代劣胜优汰、残疾繁殖的烂狗滥狗！

巨人：一条苏格兰牧羊犬，超凡脱俗的阴森相，一张尖鼻子脸像一张挖锄，可怜只剩下一只眼睛了，另一只眼老瞎了——它是只被主人遗弃的老狗，站着像座山，可太平看到了它虚弱的部分。那色厉内荏的独眼你可以忽略。巨人犹如巨人站在笼子的最中心，以它苍茫的阅历还没见过这么一只紫铜色毛、红色鼻子且下巴上有两根箭毛的高腿厚尾狗。这狗一副响当当的士气，嘴里喷着石头的气息，一进笼就把一只叫乖乖的拳师犬给踩趴在粪泥中了。那乖乖的两个鱼鳃一样的下巴就像两片破抹布固定在太平的脚下。这又怎么，这无意的一踩莫非不是一种宣示？

八格牙鲁：一条长毛西施犬，因为烧伤被做小贩的主人扔在东湖里，它顽强地爬上岸，还是没逃脱一个专拣湖边死鱼的人抓捕——这条屁股溃烂的狗，给换了二十块钱。八格牙鲁想到那炉火的烫伤，无数的狗舌头就像是蓬勃燃烧的火，正向它漫卷——它又患上了肺炎，眼睛红红的，喘着粗气。如果洗去它身上的污粪烂泥，治好它的伤口，就会发现这是一只纯白色的美犬，它的脸小巧可爱，性情温顺，连哼叫也细声细气。

门槛：一条黄毛獭犬。

还有一条像狐狸的不声不响的金色沙米狗。

“扑——哗——”一盆铺天盖地的脏物从笼顶上泼进来，狗们顿时一个个淋了个五花八门，呜呜地躲着不知为何、受何东西的打击，再一细看，狗身上、头上都挂着一根根的鸡肠、鱼肠子。就像是被猎物唤醒了，加上置身于一堆陌生同类中的警觉，太平已经初步判断它不惧这些城市玩物狗。这些狗来自各地，还没有团结起来以对付一条乡下狗的自觉。何况，它感觉到，这些城市狗根本不懂团结，它们没有团结的概念，除了咬对方，就是向对方示出赤裸裸的性欲。它们自私，矫情，依恋高楼大厦，失魂落魄，疾病缠身，只有等死的份。在看到美味的禽鱼下水后，太平虽然睡眠不足又旧伤未愈，可饥饿驱使它向那些食物扑去，胃口极好，被森林、大山和野兽磨炼过的残缺不全的牙齿，恨不得掳进天下的美味，连那些小小的玩物狗也差一点被它的大嘴给吞进去了。巨人这时结结实实地踹了它一腿，乖乖挣扎出两片腮皮后也向疯狂争食的太平咬了一口，可太平没有感觉。

“吃呀，吃呀，这些狗东西！”

“扑——哗——”范家一又一桶连毛带水的脏物泼进来。太平与巨人苏格兰犬展开了搏斗——这是乡村巨人与城市巨人的一场搏斗。无外乎牧羊犬看不惯太平，加上在抢夺食物时太平的牙齿无意间碰到了巨人的那只瞎眼。两条狗在铁笼中代表着各自的尊严展开了血淋淋的较量。两条在屠刀边缘的狗，无视着共同的命运。虽然，苏格兰牧羊犬有着高贵的血统，也有着伟大的基因和英雄的气质，但它垂垂老矣。太平虽然没有城市生活的经验，可对巨人来说，它同样也没有在一个铁笼里像关鸡一样湮埋在一堆乌七八糟的狗中间生活的经历。老狗、疯狗、伤狗、白痴狗、残狗、饿狗，大家共同要学会的就是在生命的最后日子里如何显示自己的自私和暴虐。

两条狗扑向对方撕咬着。一个年轻的叼着烟的屠夫就喊开了：

“范家一，你的狗打架啦！”

在太平与巨人对仗时，其他的狗汪汪叫着个不停，这引发了周围笼中的狗和拴在北风中的狗的回应，整个屠狗场一片啸叫之声，百狗狂吠，世界恍若末日。

太平已经听不见狗叫，它的牙齿在愉快地撕扯，哪是同类，分明是野兽！在那些狗的纷纷退让与叫喊声中，太平突然感到它又懂了不少：只要你拼命，城市犹如大山，没有什么能够抵挡得了你。

但是，面目狰狞的范家一气歪了鼻子和帽子，手拿着一根把狗皮打松的铁条，朝笼中一阵乱捅，巨人的唯一一只好眼给捅瞎了。太平看见那根捅条刺中了巨人的眼睛，再一猛力地拔出，那喷起的鲜血就刹那间布满了笼子，好像笼子里在下一种红雨。这“红雨”救了太平——太平本已被范家一刺中了几下，几次都刺进了体内，好在太平的皮因狩猎传承了它祖先的厚度，又未刺到动脉。就在它无法躲避时，巨人的血遮挡了范家一的视线。范家一见巨人因瞎了双眼趴下了，还发出老人般的号啕声，就更烦了，大喊道：

“把你宰了！狗日的！宰不光你们！”

那范家一要与巨人斗争到底的样子，人犟了比狗还犟。范家一就用一根极像猎人用的挠钩，打开笼门一钩一个准地钩住了瞎眼的老巨人，老巨人知道了自己的死期，就张开那所剩不多的牙齿去咬挠钩，牙齿又在挠钩上碰掉了两颗。其他的狗这时不是趁机跑出笼门，而是缩向笼子深处，给巨人让路。那老巨人就给钩拽出来了。可是老巨人不会束手就擒，一阵垂死挣扎，又刨又咬，似乎知道自己是被打入地狱去的。在被摁上台板时一口咬着了一个挥刀的十五六岁的年轻屠夫，那年轻屠夫吮着自己的手指，就势一刀屠去。狗软是软了，只见抽搐，却不见出血，甚是痛苦地在台板上挣来挣去。范家一骂骂咧咧，夺过徒弟的刀，在自己的裤子上荡了几下，再一刀捅去，再抽出来，那血终于通了，喷泉一般往外飙涌。徒弟拿盆去接狗血，那巨人也就平静安详地了结了一段尘缘，回苏格兰它的故乡草场去了。

笼子又重重地关上。

5

程大种捏着那卖狗的钱出来，没敢朝后头回看一眼。虽然一阵轻松，毕竟悲伤多于轻松，为自己的那狗。狗千里迢迢跟他来到城里，却被他卖给剐狗人剐了。那是一条灵犬呀，甚至有点灵异。他伤心着，吃了一大碗红油的湖南米粉，还加了荤。辣出了几天未出的汗，把伤感赶跑了一些，就又去了武圣路劳动力市场。

昨天他还要求解木——只拉大锯，今天他就不这么坚持了，甭说昨天，昨天的昨天在此游弋的人，数天在此游弋的人，都没找到工作。

市场旁汽车们正在灰蒙蒙的大街上飞速运行，喧腾有如涨水时的河谷。一辆大卡车撞瘪了一辆小汽车，死人血淋淋地被从车里拖出来。刚才还是个活人，瞬间就成了死人，比山里的野牲口吞噬人还快呀！一溜的红色救火车催逼人心赶往一个地方；两个在人行道上行走的男人无缘无故地打了起来，打得头破血流，看热闹的人刹那间围了过去，像一群见了甜的山蚂蚁；一个挑担小贩跑黑了脸要甩掉一群城管。城市里充斥着无名的仇恨，挤满了随时降临的死亡，奔流着忐忑，张开着生存的陷阱，让人茫然无措。

可是我已经没有了狗啊，没了累赘。

一无所获的程大种晚上找到了专为找工作的乡下人准备的仓库旅社，两块钱一个铺位。空气污浊，臭不可闻，可没有寒冷的北风。在这两块钱一个的铺位上，程大种躲过了这一夜更加凌厉的寒潮，心中涌动着对“床”的感激膜拜。多好啊，床和被子，磨牙声、打屁声、紧跑慢行的哼叫声，在半夜里恣肆横行。程大种好好地睡了一觉醒来天还没有亮，上了一趟厕所。再一闭上眼迷糊，那狗太平就向他奔来……

狗死了，可我得找工作啊。睡了个好觉，就早起了，第一个来到劳动力市场。风依然很大，吹得人清鼻涕直下。有两个招工的早候在那里了，缩着脖子抽烟，看他背着个背篓，就知是从大山里来的，就问他挖不挖土？二十块钱一天。程大种就说干，干。就跟着他们走了。

城市新的一天又在喧腾中开始，大车撞小车，小车撞行人，来的，去的，车大喊大叫，人不言不语。城市比起那每每天天安静如初一模一样的山里，还是满有活力的，像七岁八岁狗也嫌的男娃子。

程大种来到的是一个修路工地，在几丈深的泥水里挖稀泥埋涵管。程大种不知道，是两个死人给他们让出了空缺——昨天这个深坑旁的挡板垮塌埋下了两个民工，再把他们挖出来时已一命呜呼；这事儿惊动了电视台，还有一个什么领导也亲临现场指挥挖人。程大种他们没有看电视，对这儿的事一无所知。因死了人，挖土的民工跑了大半，工程又叫得急，包工头只好去招了程大种等五六个新民工。

别人给了他一把锹，他就和新来的民工跳到昨天死人的泥坑里去挖泥。那泥坑少说一丈深，两边有人在锤打着安装护泥板，但泥巴还是簌簌往下掉。赤脚站在刺骨的泥水里将泥挖进一个筐中，升降机就将那筐抬升到地面倒掉。

在城里的第三个晚上，太平就挤在了一堆待宰的城市病狗和流浪犬中间，挤在屠笼里。范家一暴虐生气戳给它的血洞除了灌满疼痛外别无其他。狗们堆叠着来抵挡寒潮中的北风，因为饥饿，体内的热量所剩无几，一只只狗都有气无力的，像一群难民，在黑夜中张着无望的眼睛，或是闭目如死去一样。这些自私的城市狗每个都各自顾着自己，巴不得削尖身子往深处钻，就像钻进自己曾经十分温暖的狗窝，就像太平钻进那个丫鹊坳的草垛。

害着狂犬病的无尾杜宾狗本就肮脏，它淌下的口涎散发出恶臭，不停地滴到太平的身上。太平嗅出它的病，这十分危险；它因为口渴，不停地发出求水的呻吟。太平必须躲开这条狗，它就干脆让出了有利的位置——因为它身坯大，那些狗都贴它而卧，这为它阻挡了寒风。现在它从狗堆里爬了出来，更多的狗就顺势挤占了那个空间。太平出来，可这又很危险，离笼门太近，就是离死亡和屠戮更近。范家一不会认谁，反正都是野狗，开了笼子，抓钩钩出来一只就杀。但是此刻是深夜，离天亮后的杀戮还早。它钻出狗堆，寒冷是寒冷，就像从火笼屋抛身旷野。屠宰场腥臭的风没遮没拦地恣意横行，数十个铁笼子和拴在墙边的狗们在绝望和苦难中吠叫呻唤，好像是在呼唤着亲人们来解救自己，或者向无边的黑夜申诉。

太平因疼痛而清醒。它在狗们那待宰的状态里突然获得了一股强烈的求生期许——逃亡！这种意向紧紧地攫住它，或者说它紧紧攥住了这根生命叛逃的绳子。对主人愤恨还不是这条狗所能具备的。它只是渴望着逃出去，与主人汇合——那个在城市的街头，背着显眼的山背篓的人，那个程大种，时常对它喝吼，还给了它致命两锨的人，过去却对它很好很好给它吃喝还时常要抚摸它的人。逃出去！逃出去！向那最广大的世界奔去，在渐入昏冥的城市灯火深处，海洋一样幽深的陌生世界，那无尽的神秘和诱惑，突然给它旷世的激励！

因为寒潮的到来，狗肉火锅火爆起来了，这是屠宰场的屠夫们没有料到的。凌晨四点多钟的时候，屠狗声就撕心裂肺地在这个城市的角落响起来了。太平打了一个盹，梦见了神农架的森林，睁开眼睛一看，影影绰绰的屠宰场已经有了叮当的快刀声和将狗们抬上厚厚的台板过刀的闹吼。那些城市的狗在生命的最后一刻，只是可怜巴巴地叫着，虽然十分凄惨，但并不愤怒悲壮，没有多少像狼一样的叫声，没有穿透力，仿佛这种赤裸裸的杀戮是很正常的，不是一场罪恶。一块活着的肉与刀亲吻时总会那么浅浅地叫上一声，就变成了一块无声的平静的死肉，血糊汤流地扔进肉筐。再一块活肉再叫上那么几声相同的调，在刀下又平静了，分解了，即将变成寒潮来临时餐馆的美味，说，大补啊，御寒啊，提气啊。狗肉不过是一种菜，一种时令菜，这个大家都清楚，除了狗。

太平醒过来之后，就开始拼命地往狗堆里扎，虽然饥饿、寒冷和疼痛缠住它，但它有着足够的力量，把那些沉睡的狗们掀往两边，劈波斩浪地躲进了范家一的铁钩钩不到的地方——

至少第一钩抓不到它。因它的奋勇冲击，笼子里突然闹嚷起来，好在范家一没有听到，他在与徒弟剥另一些狗的皮。太平扎进狗底，那些狗用爪子、用身子践踏着它的痛处，并用牙齿咬它。太平蜷缩着身子，以减小目标，可那些狗爪狗嘴仍持续地、尖锐地制造着它的疼痛。后胛有一处非常痛，像被人用刀在里面搅。太平看到那只叫门槛的黄毛獭犬用尖齿咬着它的皮肉不放，就像在夺一块咸肉。太平回睃了它一眼，可那獭犬十分机灵，一双贼眼似乎还带着神秘的嘲笑，在晨光中明幽幽的，仿佛看透了太平的一切。太平想用腿踢打它，但这獭犬堆在狗的最高处。好在这条狗只是只流浪犬，没有病。太平费了好大的劲一点一点地把自己的皮肉从它的嘴里拉开，又拉出了一条口子，太平恨得牙痒痒。机会是在吃鸡鱼下水的时候，借助混乱抢食的那一会，太平瞅准了时机，一口咬住了獭犬门槛！它的噬咬野兽的牙齿插进门槛的皮肉犹如梭镖插进敌人心脏。那门槛在争食的吵闹声中一阵悲惨的汪叫一点都不引人注目。也许是太平的肆无忌惮和狠厉，先来的那些狗虽然见识了太平作为一条山里猎犬的优秀品质，但是后来者矮三辈，这匹粗野的山狗不仅咬了先来的狗还抢夺笼里少得可怜的食物，于是，那条极像大狐狸的金色沙米狗终于站出来对太平呛声，双爪伏地向太平张开了怒斥的大嘴。一时间，无尾杜宾狗、乖乖、连八格牙鲁等高烧得糊里糊涂的几条病犬也一起向太平发动了进攻。为了争夺食物这些城里狗也焕发出从未有过的英雄激情，大不了决一死战，反正死到临头了。与其死在异类范家一手上，不如死在与同类的战斗中。与其冻饿而死，不如捞一口成个饱死鬼！

昏黄的太阳此刻已经露出来了，在一片低矮建筑的屋顶上，灰霾在阳光里呈现着迷蒙的灰蓝色。范家一正在屠板上喝早酒，脸上笑眯眯的。太平抢占了一个有利的地形将尾部和右边的身体紧靠在笼齿边，以防四面受敌，又能看清范家一的一举一动。然后，它向领头的金色沙米发动了空袭，先是一嘴将它掀成侧身，再快速咬住它裆里的睾丸——这是对付野牲口的绝手。这样的速度也只有在与野牲口搏斗时才可能出现。现在，伤痕累累的它实现了，在没有主人也没有枪支作后援的情况下，在笼子里，它又一次出猎，并且飞快地躲过了一只狂犬对自己的张嘴偷袭。太平咬住金色沙米的睾丸，它只是想教训一下它的，可不知怎的，当它抬起头来去看范家一时，发现所有的狗都张大了狗眼望着它，就像看一个异物。它这才发现，它嘴里是一个腥臊的东西——那沙米的一个睾丸。它把那东西吐出来，看着沙米在那儿汪汪地抽搐，就像犯了病一样。太平猛然发现自己已变得不可理喻残暴无情了，它变成了一只野兽，不是来到城里，而是没入了大荒。可这分明是城里。

太阳在悠扬地上升，在血水成河的屠宰场。一个范家一的徒弟牵来了几条狗，这几条狗没有被立即宰杀，它们因为有绳子，就被拴在了墙边的木桩上。大小狗的宰杀是搭配的，拴在墙边的几条狗因为胡喊乱叫，被范家一烦了，一个不剩拉去宰杀了。太平它们的笼子一直到范家一宰杀第二十条狗的时候，一直到下午五点，还没打开过笼门。虽然那个被太平咬掉了睾丸的狗嘶叫了一整天，也没有人光顾它们的笼子，对它们的死活痛苦不闻不问。

五点钟过后，又是一阵鸡肠鱼肚加上烂白菜死鱼臭虾的降临。太平津津有味地抢食着，对于它来说，这就是美味佳肴了。在山里，这些年出猎越来越稀少，它除了自己去撵一两只老鼠外，其余就是主人给它的残羹剩菜；骨头不多，最多的是在猪圈里与猪一样咽糠菜。现在它吃着，那些城市狗虽然本能地去抢了一两截肠肚，可对于它们来说，是难以消受的。这些曾养尊处优的狗，这些曾在主人的呵护下过着奢华生活的宠物狗，就算流浪过，就算重病在身，还是无法适应这笼中的环境。在这人间地狱，它们依然显露出它们的矜持，但饥饿很快会狂扫尽它们的尊严。面对下三滥的食物，它们只有适应并吞下去，才能保证悲惨生命的苟延残喘。

吃了一些或者没吃饱一些之后，又一阵冷水来浇透。范家一的自来水管就势将笼里的狗一个个清洗了一遍。狗们趁机大口地舔咽着冷水，又躲着冷水的冲击，一个个像落汤鸡，被寒风一吹就像进了冰窟，狗们奋力地耸着身子，想把那水抖落干净，但这是枉然。狗一个个打摆子般地抖着，大汪小叫。每个笼子都在重复着同样的骚动和命运。

又一天就这么过去了。

6

早晨到来的时候，太平拿眼睛去搜索那哼叫了一夜的金色沙米，看到有两条狗趴在它的流血的裆里，正呼呼大睡哩。当太平站起来想伸个懒腰时，看到那金色沙米的狐狸脸朝它愤怒地瞪着，瞪着。太平没有防备，也没有想到那沙米狗还会有一跃而起的力量，带着复仇的狂怒向它扑来，与它一决雄雌。太平本能地狂吠起来，赶快迎敌，可那沙米狗估计也是野性未泯，或者在难耐的疼痛中磨砺出了斗志，反正一口就咬破了太平的皮肉。那太平也是个伤病狗，在与己拼命的狗面前没几下就露出了自己的软肋。两条狗在笼子中撕咬着，其余的狗都夹着尾巴嗷嗷求救。太平看到魔鬼范家一向这边跑来了——他听到了打斗声和满笼狗的叫唤声。这下要遭罪了！太平想停下来，要那个“狐狸”不再发怒，否则将是它们共同的末日——末日在早晨时就突如其来了！

提着大棒的范家一这次不是拿捅条，而是拿大棒，拉开笼门就朝里面一阵乱打。那笼子是个大笼，棒子有挥舞的空间。

太平只觉得头上、身上落下了雨点似的棒子，整个就打懵了。一笼的狗都被打得汪汪直叫，一条从棒缝里逃出来的狗当场被打死了，口鼻流血。狗们被打着，趴着，跳着，窜着。也就是在这时，太平的命运发生了奇迹般的变化。

范家一嫌还打得不过瘾，就把太平和那条沙米狗牵了出来（太平脖子上已套了截绳子），再一顿好打。两条狗被打得奄奄一息，鼻子上冒着血泡。范家一又大声地骂着指挥徒弟要他们来帮忙把这两匹狗趁早宰了。

太平在棒下想寻找逃生的路几乎是不可能的，它想躲闪也不可能，只能在棒子砸下来时以瞬时的扭摆来保护致命的部位。可它也在奋力地上蹿下跳，想一口气挣断那根绳子。

“住手！住手！”

一个年约五十的、头发花白的男子一把拉住了范家一的手，并狠狠地拽住太平颈上的那根绳子。

“这狗休得要打，老范！”他喊。

气极败坏的范家一一看，是住在不远处的徐汉斌，徐汉斌用武汉话愤愤地骂道：

“个板妈，我信你的邪！这狗是么事狗你晓得啵？这是赶山狗，神农架的赶山狗，哪个送来的？”

范家一平时对说武汉话的人是不敢马虎的，他是个粗人，乡下人，在城里占了块地盘杀狗，还不是武汉人的地盘，虽拿着刀子，对武汉人还是毕恭毕敬的。

“拐子，你说么事呀!”范家一别着一口不成形状的武汉腔说。

那徐汉斌就蹲下身来摸着被打得体无完肤的太平，说：

“你还不如这条狗，姓范的，它叫赶山狗，连山都赶得动的！你看这一身的紫铜毛，哪里找得到？我都三十年没见啦!你不识货呀伙计，个板妈这是真正的猎狗，咱湖北最好的猎狗，咬得死狗熊和老虎的！守家防盗那也是最好的！熊都咬得死强盗咬不死?!哪个送来的?”

“我也忘了,”范家一说，“病狗么。”

“没病。个板妈，从哪儿搞来的？神农架离咱汉口两三千里，这狗平原地区见也不会见着的，生就是山里的狗，昨天晚上我刚好梦见我那条赶山狗，今日就见着了，怪呀！……”

“拐子，你喂过这种狗?”范家一问。

“我是下放到神农架的老知青你不晓得?!老子是知青!”徐汉斌拔下台板上插着的砍刀猛力一剁，“我把它带回去!”

“一百五给您啦!”

“个板妈你杀肥羊啊！送条狗我死了人!”

“我买来两百，拐子啊!”

徐汉斌见这人不爽快，想了想，好难受地从他的陈旧羽绒棉袄里深深地掏着，掏着，掏出了所有的钱，就是百把块钱，塞到范家一的手里："行了行了，个板妈不懂味，小气得像打屁虫子。"

"我如何牵回去?"他又说。这老知青拣起范家一的大棒，突然向太平的头上敲去，敲了两下，这两下，太平就晕了。等它再清醒过来，就已经到了徐汉斌的家里。

"……一九七六年的时候，粉碎'四人帮'，我招工啦，我说，大刀啊大刀，再见了，我不可能把你带到武汉去。怎么办呢?我把大刀托付给了康大爹，我说我马上就回来看它的。可是大刀咬断绳子跟上了我，我不能走啦，个板妈，这狗恋我啊。我招工了，要飞出神农架，心里甭提多高兴了，如脱笼之兔，哪能带条狗。我想啊想啊，走了二十多里快出山了又带狗回来了。我想了想大刀是条好赶山狗，我没吃的它给我抓过好多锦鸡、竹溜子。我一定要让它没痛苦死去。我回来后就晚上下夹子夹了三只竹溜子，打死，提着，再走。走到野竹崖，我嗖唤大刀，扔下第一只竹溜子下崖，大刀是极听我的话的，我想它去抓我扔的竹溜子，就会冲下百米悬崖。第一只它没冲，对着崖下狂叫；第二只我又扔了，拍打它，要它去抓，它还是没冲；第三只，最后一只啦，我就高高地一扔，大刀看着我，它似乎知道了我的心思，是要它永远地留在神农架的，它眼睛湿湿的，恋恋不舍地看着我，就义无反顾地往崖下跳去了……"

这个人在讲另一个赶山狗的故事，太平不懂。它只是虚弱地看着他老泪纵横。可它被这个人打了两棒，现在，他蹲在它对面，给它好吃的火腿肠和猪骨头，哭着，喊着一个它似乎听起来熟悉的名字——叫大刀的狗很多，在神农架。他叫它道：

“大刀，你是我那大刀么？”

它不是大刀。它叫太平。这个人不知道。

“大刀，呜，喔，大刀，大刀……”那个人不厌其烦地唤它，给它摆弄那骨头上肉多的地方让它看清。

可这个人的老婆并不欢迎太平。这人的老婆是个个子矮锉说话尖声的女人，极度害怕狗。

“哎唷，哎唷，你把它捆紧没有，死东西！”

“个婊子养的，哪儿拖回的一条疯狗啥，你发狗疯?！自己都没得吃的一个下岗工人还给这大条疯狗吃火腿肠？你是发神经是吧?！”妇人说。

“它是神农架的赶山狗，我下放在神农架你晓得啵?！”那个人吼。那个叫徐汉斌的人，一吼，额上、颈上的青筋就像蛇一样鼓胀起来。

“赶山狗，你没看它的架势？你在武汉见过这样的狗?！”

“还不是把它丢了。”

“偷的！这样的狗你会丢？咬得死老虎的狗！”

“你看见过老虎吧？你看见它咬死过老虎吧？在汉阳动

物园?!”

“滚!”那个男人说不赢那个快刀嘴女人，气得喉咙里滚动着无边的恨意，咕噜咕噜直响。

“把它扔走，莫让它咬着我了!”女人把一个桶往门口一顿，发出清脆的爆破声，桶一定裂了口。太平一惊。太平已经服帖了，两棒就被这个男人打服了，任何一点尖锐的响动都会要它的魂。

武汉的老知青男人是不会屈服女人的，他给太平洗毛刷毛，给它伤口擦药，还给它颈上安上了一个皮套一根链子。这样虽然皮肉之伤还未愈合，但狗的架势就雄赳赳地出来了。这真是一条与众不同的狗，它很怪，似狗非狗，似狼非狼，洗过飘柔二合一的紫铜色毛像森林一样蓊蓊闪闪，高挑的腿，紧巴巴的腹部，竖起的耳朵，就算它十分虚弱疲惫，就算它眼中充满了恐惧忧郁，它站在那里，它出现在人们面前，就会让人大感讶异。

这是一定的。

“……汉斌，好呀你，你的狗?!”

“这狗，老徐，这狗！啧啧……”

“徐师傅，好狗呀！牵紧点，不是狼吧……”

徐汉斌走在大街上，认识他的人争相向他打招呼。他只往有熟人的地盘上走，就是要的这个效果。

“吃皮蛋，鸡巴！它不吃皮蛋！你给火腿肠……”

“个板妈，不认识，神农架的赶山狗。纯种猎狗，专咬老虎豹子和狗熊的，它咬死过三头老熊！……”

徐汉斌坐在有些阳光闪出的小巷口的店铺板凳上，翘着腿，抽着烟，接受着人们的赞赏和议论。许多人给太平投来食物。一个年轻人还将手上提的一块牛肉完整甩过来，太平三口两齿就给吞进去了。它不知道它为什么会得到这么好的食物，被这么多人围着观看和议论。

这个晚上在一个风沙弥漫的大排档里，几个当年的知青抱着太平，高唱着“大刀向鬼子们的头上砍去”。他们唱着：“亲爱的江城，我的故乡，我哪年哪月才能回故乡？雄伟的大桥，横跨龟蛇山，想起了故乡我泪水流……”

这几个人有一个是刚从牢房里放出来的；有一个刚割了瘤子；有一个坐在助动车上，是个瘫子；有一个是刚做了奶奶的女人。还有一个当了青山区某街的城管队长。他们喝着白酒，眼睛红红的，有的还从眼里挂出了两串泪水。泪光闪烁在高楼传递过来的霓虹灯光下，风掀动着他们无力的、花白的头发。太平望着他们，听他们在说：按神农架的喝法，敬一个，回一个。徐汉斌一时面前堆了一大堆杯子。太平知道这种喝法。它还闻到了苞谷酒的香味，这多熟悉啊。

“汉斌，这狗是从哪里来的？”从牢房里出来的男人两眼凶巴巴地问。

“实话说了吧，从屠宰场救出来的。”徐汉斌说。

“那屠宰场又是从哪儿搞来的呢?”城管队长正正威武的大盖帽问。

“还不是收来的。”徐汉斌说。

“这狗来路不正啊!”那个当了奶奶的女人用婆婆嗓说，“莫非宜昌、十堰就没有吗？这狗一看就是恶斗过的，满身抓咬伤，性恶啊。我那嫂子会答应你养吗?”

“哪让我养。欧阳，你牵去帮我养几天?”徐汉斌说。

坐在助动车上的欧阳卫东大嚷：“我自己都养不活，还养只狗啊！嘿嘿!”

“那你养。”徐汉斌指另一个。

刚从牢房里出来的凶巴巴的人说：“鬼！我还找人扯皮呢。”

大家问扯什么皮。那人说：“老子出来就是要报仇的。”

大家就劝他忍了，好好安心过日子。

“这狗难上户口，还得去打防疫针。这狗恶，我在神农架时最怕的就是狗。”女人说。

“你那时才十七岁，见什么都怕，小女生啊。”大盖帽声音怪怪地说。

“你们把什么都忘了。”徐汉斌失望地说。

后来，太平听着徐汉斌以哭似的、绝望的、怪异的声音唱着“大刀向鬼子们的头上砍去”，一路晃晃悠悠地回家去了。

7

“两百？啊?！两百?！”

“一百。”

“人说的两百。”

“把我砍了我也没两百。我荷包里何时捂过两百块钱啥?！我是天下最可怜的人。”

“这狗也不值一百，你竟敢花一百，还请客……”

“我的狗回来了我不请客?”

“你的狗?！”

“我想了三十年！”徐汉斌“叭”的摔碎了一个杯子，这就镇住了他的老婆。

一个人想了三十年，你是拦不住的。他老婆愣了半晌，打开门就冲出去跑了，不回来了。

徐汉斌看着狗，狗看着他。

“个婊子养的！”徐汉斌骂。

“我又不想搞女人，又不想赌博，又不想抽烟喝酒，我就想一条狗！……个婊子养的！……”

一个内心枯竭的人，突然因一条狗，泪腺像干涸的泉眼复活了，许多感情复活了。一条狗，就像一场甘霖。狗的到来打乱了他的生活。回忆像魔鬼，缠住他不放。

“我于一九七三年一月十九岁插队落户到神农架野马河……”

“我响应伟大领袖毛主席知识青年到农村去，接受贫下中农再教育，很有必要的伟大号召，如今，我已老了，一晃，就老了……”

回忆像海潮，不可遏止，铺天盖地。像一场大病，高烧不退，谵语连连。

老知青徐汉斌为了弥合、敷衍与妻子的关系，偷偷地把太平牵到了八楼顶上，在一个角落里撑了张雨布，给它安了个家。

到了晚上，思念主人和故乡的赶山狗太平终于发出了凄厉的长鸣。这是寒潮加深的某一个晚上，太平的脖子上勒着短短的铁链，它无法习惯这么一根链子，在山野，在它的丫鹊坳，它是自由的，奔放的，散漫的，脖子上除了毛就是吹拂着的村风，还有温和的阳光。它在链子里紧巴巴地睡着，虽然没有了同类的觊觎和争斗，没有了大棒和杀戮，可从楼顶望着满城迷离恍惚的灯光，它悄悄地淌下了眼泪。这是孤独的时刻。它想念山冈。黑沉沉的森林。奔流汹涌的峡谷。到处柔嫩的苞谷茎秆。它想念日落时分。早晨。这是什么地方啊？主人程大种为何要将我带向这儿，让我遭受九死一生？暗无天日的日子。孤独。离别。无法交流。灯火像星空一样，带着诡异和狞笑，无声地跳动在大地的深处。更远的地方是什么呢？于是，太平像一只狼一样嗥叫起来。它哭泣似的悠长的声音在夜晚的上空刺入城市的心脏。连它自己也说不清为什么会有这样的声音。是呼唤，还是哭泣？是长叹，还是悲号？

那一夜，汉口前进纱厂宿舍区里，听到一阵阵毛骨悚然的狼嗥，就像一种十分阴暗的东西直往人的寝榻而去，在人们睡梦的边缘固执地游荡，犹如阴魂。

第二天晚上又是如此。第三天愤怒的人们找到了那个楼顶上的声源，一起手拿棍棒来厉声质问徐汉斌。这些人都是他的左邻右舍同事上级。他于是牵着太平逃也似的离开了这个厂区，将狗交到了瘫子欧阳卫东手里。

欧阳卫东是一个自己的生活都无法料理的人，老婆自打他无缘无故地下肢瘫痪后（一觉醒来就这样了），带着女儿离开了他。徐汉斌虽振振有词说给他找个伴儿，可欧阳卫东被生活压榨得几近绝望。他去摸那狗，狗就虎视眈眈地看着他，极度不信任他似的，那阴森森的眼睛里藏着一万个野兽和森林，并且，在晚上发出狼一样的嗥叫。使他想起几次迷路山中饥寒交迫的知青岁月。

欧阳卫东说：狗啊狗，我没法养你，我给你找个好人家吧。他就把太平绑在助动车后面（因车内太小，装不下这狗），发动车子，带着狗往江南的青山区而去。

太平跟在一辆冒着黑烟的呛人的助动车后面，昏天黑地地奔跑起来。助动车的机声异常刺耳，车轮像峡谷的流水一样急遽。太平被系在这么一个比鸟飞得还快的家伙身后，四条腿只好没命地迈动。它知道，稍有闪失，它就会完蛋，被这水泥大马路拖成一副骨架。

车上了长江二桥，宽阔的大桥上几乎没有汽车，只有它在铁链的牵带下奋力奔跑着，既不能跑得太前，也不能太后，那链子的长度让它吃过几次苦头，一个趔趄跪地，腿关节就会被路面锉开一道口子。它跟着车子跑啊跑呀，来到了长江南岸的武昌。车还在发疯地前行。不知跑了多久，车才慢慢停下来。那车上的人将它牵到一个楼房里，上了楼梯，去拍门。门半天才开，原来是那个戴大盖帽的城管队长。瘫子欧阳卫东拄着拐杖在门口说：

“二毛队长呀，给你送大刀来了。”

那叫二毛的城管队长没让欧阳卫东进屋，拦着门说：

“给我送狗？我何曾要过这×狗？”说着就唤出了一条狗。那狗扑上来就要咬欧阳卫东和太平，那狗毛耸耸的，像条大狼，嘴里发出空旷凶恶的叫声。好在被城管队长拽住了。

“这是条什么狗啊？”欧阳卫东惶惶地问。

“藏獒，纯种藏獒，全国就三百多只。”

“这要多少钱啊?”

“上十万。”

“你买的?”

“我只要歪歪嘴，就有人送上门。”队长得意地说。

欧阳卫东拄着拐杖下楼来，坐上坐垫，掏出下身向城管队长的楼门射了一泡尿。摸着太平，摇着头，几乎快哭出声。边淌泪边给太平叮哩哐啷地解链子，说：“大刀大刀，你向贪官污吏们的头上砍去吧!”那助动车发动了，突然一个急转弯，便自个往回路一溜烟地开走了。

现在，太平的身份是一只流浪狗。跟那些范家一笼子里关着的狗一样，身上布满了灰尘，四个爪子上全是黢黑的煤炭——那是在垃圾堆里刨食弄成的。

对着滚滚的长江，对着长江对岸灯火阑珊的汉口长吠着，它是从那里来的。在长江边上的一个破棚子里，是它跟一条破脸狗的家。

是破脸狗把它带到这里来的。破脸狗也是一只乡狗，高大正常的身体，不像城里的那些怪模怪样不成器的宠物狗。可只因为它脑门子上有一撮雪白的毛，乡下叫破脸狗，好哭死人。也就是说，这种狗的叫声像半夜的哭诉，于是这条可怜的狗就被它的主人带到城里给扔掉了。第一个晚上，太平和破脸狗在一家餐馆的大门口，在一个冰冷的石狮下，互相依偎着度过了寒冷的一夜。它们不知道，这家餐馆的大字招牌就是“狗肉火锅城”。太平第一次尝到了友谊的滋味，一个真正向它示好的同类。它们流浪在青山、武昌的大街小巷，共同啃着一块骨头，共同寻找着栖身之所。因担心危险，两条狗来到长江边，那里荒草稀疏，沙滩野静，在月朗星稀夜风如刀的深夜，太平向着汉口的灯火长长地吠叫着，破脸狗也莫名其妙地号哭着。江水在无声地东流，灯火的波影把城市的梦境拉曳得妖娆奇诡。两只狗嗥叫够了，又找到了一具被波浪送到滩头来的死猪，为了填饱肚子，在黑暗中撕扯着吃了起来。

可它不能留恋，太平。有一个影子，一种气味正在向它招呼，那就是主人程大种，狗的本性使它没有能力恨抛弃并殴打了自己的主人，它依然要向他的气味走去。在某一个夜晚，对那个气味的依恋最强烈的时候，它从寒冷的梦中被唤醒，悄悄惜别了破脸狗，沿着长江二桥，跑向了汉口。

它穿过无数的街道、小巷，在一个高架桥头，它看到了来城里的第二夜与主人一起躲避寒潮的桥洞。那个独腿的好心老汉正一如既往地蜷缩在大衣里，无声无息。它迎着那渐渐强烈恶心的血腥味，找到了那个屠宰生灵的集贸市场，又听到了它的同类们在笼子里发出的撕咬声和在屠刀下的惨嗥声，在深夜，那声音悠长刺耳，让它闭上眼睛就是一连串的噩梦。

主人，你在哪里？

它期望着主人程大种重现，重现在那个集贸市场的门口——他就是从那儿消失的。

尽管狗的嗅觉异常灵敏，能嗅辨出成千上万种气味，可是，森林中的气味是单纯的，冷静的，连风也不会无缘无故地乱吹。在这里，在这气味大混杂的城市街头，气味稍纵即逝，要抓住一种气味并跟踪它，牢牢地把握它，这是根本不可能的。太平躲在隐蔽的角落几天守候主人的出现失望之后，它决定在这个浩大的城市里去寻觅那微小的、像一粒蚂蚁般的气味，主人的气味。它必须行动，坐等是不行的。赶紧趁空气中那一丝气味还没有彻底消失时（谁知道呢），尽快抓住它。

那天晚上（最好晚上行动），它从下水道里捞出了一些腐烂的下水（有狗的，也有其他生灵的）吃饱了肚子，就开始了搜索和寻找。

8

城市道路修建委员会的官员们以及包工头们，为了不破坏城市的美观，将施工现场用塑料布严严实实地包在了里面；现场其实泥泞不堪，大小土堆像山一样，挖土的民工像一个个活动的泥塑出现在深坑中，机器杂乱无章，电线像一团乱麻；民工们住的工棚里臭气熏天，吃饭、拉屎都在塑料布里，塑料布外写着“我为城市增光添彩”等鼓舞人心的标语。两个民工还专门用水管子冲洗着塑料布外面的道路，使之光亮如初，让城管人员看不出塑料布里正在施工的乱象，以避免污脏了城市而罚款。程大种开挖之后便秘了三天。三天里他认识了与他一起来的两个老乡；讲着与他近似的土话，一打听是宜昌兴山人，这就攀了老乡。晚上，他用卖狗的钱买了三瓶啤酒，就着工地食堂的榨菜肉丝（肉丝占十分之一）请他们喝酒。下工后，他们还在一起斗地主。民工们的工作异常辛苦，晚上十点了还在挑灯夜战，一双脚已经被城市深处挖出的脏水泡出了一个又一个大红疙瘩，奇痒难耐。工地包工头后来给他们一人发了一双深统套鞋，但必须扣除他们一天的工钱。三个人用家乡话骂着穿皮鞋的包工头和城市道路建设委员会的监工们。那两个老乡一个叫大嘴（只因嘴很大），一个叫王长清。三个人年龄相当，经历相近，都是为了给娃儿挣钱读书，都是在山里。对喝啤酒不太习惯，想喝地封子酒，就是苞谷烧。说，最好是有党参酒喝，那才是提热气哩。

三个老乡有时在深坑里挖土埋涵管，有时在上面拉葫芦（提升土筐）和往土山上运土。其实这样的劳力活很容易适应，摆正心态是很重要的。程大种想着每天的二十元钱，刨去吃喝和那双套鞋，每天可以落个十多块，一个月就是三四百元。可恼的是不出五天，坑壁又塌了方，又埋进了一个河南人。等大家把他挖出来，双腿都断了。河南人在医院里上了夹板，就拖回了工地的工棚，每到晚上，就凄凉地悲号。大家每晚不能睡觉，白天又是繁重的劳动，就想把这个河南人赶出去，并要求包工头发发善心把他送到医院去打止疼针。可包工头骂骂咧咧道："我这段工程转了三道手，还死了两个人，又伤了一个，我哪有钱让他住医院？如今住一天医院抵老子们一年的吃喝，我亏了血本啦！"

这个河南人慢慢地开始发臭，两个露在外头的光脚都变黑了。程大种为不让他悲号，给他买了瓶"驴子尿"（啤酒）。但是他喝了依然高亢地悲号，估计是疼得受不了了。没几天，便头发深长，口腔溃烂，人已瘦成一副骨架子。等到他的双脚开始流脓，包工头才把他弄到医院去，听说双腿都要锯掉。这才让大家舒了一口气。就在这天晚上，喝了一顿好酒的程大种起来小解，在工棚门口，看到了蹲着一只黑影庞大的狗，那狗呼哧呼哧地喘着气，身上散发出一股恶臭，脏得就像那个要锯腿的河南人。

"这不是太平吗？太平?!"

太平把夹了多天拖地的尾巴吃力地、一点一点地翘卷起来，向主人摇动了两下。

"你不是被宰了吗？你是怎么找到我的?!"

太平抬起沉重的头，眼角里挤满了眵糊，嘴巴脏得像一个下水道，牙齿上沾着血，估计是与什么东西搏斗过。

“你还活着？爹爹!”

狗的一只腿骨外露了，白瘆瘆的，可狗还是靠着这可怕的伤腿行走，终于找到了主人。主人给狗包扎，给它清洗，看着它，泪水哗哗流个不停。狗哼哼着，很轻很轻，很压抑，想把许多只有它知道的东西，轻轻地表现出来，或者是藏着。狗静静地舔着自己的伤口。主人望着这条狗，狗却眼里像没事一样，就像刚刚离开主人一会儿，懒懒地看了主人一眼。

“狗啊!”程大种说。

三位老乡吃着烟，决定保守秘密，暂不说这条狗的来历，只说是收留的一条流浪狗。这条狗回到程大种的身边，这让他感到匪夷所思，也让两个兴山人啧啧称奇。“狗是这样的。”他们后来承认这个现实之后说。其中的大嘴说：“赶山狗赶山狗，就是有名。”他说他们村有个打匠（猎人），就是在神农架买的四条赶山狗。那赶山狗不仅记路，还英雄啊，跟豺狼虎豹斗起来，没有服输的，咬得脖子断了肚子穿了也不服输。有一次两条赶山狗追一只獾子，那獾子也烈，追得走投无路了，就跳下了天坑。天坑几百丈深啊，那两条猎狗也不怕，也跟着跳下了天坑，两狗一獾，在落下的途中，还死命追咬哩，你说那狗性烈不烈?！大嘴说，这事之后，那打匠跪在天坑口足足哭了三天三夜，比哭自己的亲娘老子还凶，没见过这样的赶山狗啊！瘦瘦的王长清也说，他舅子一条赶山狗，白呲呲的长毛，是个白化种，在从神农架回来的路上捡的，别人说不吉利，他不在乎，这狗长大后，常从山里拖回来麂子啊山狸啊大飞鼠啊回来吃。有一次他舅子去镇上赶集，搭的是林业站拖树的拖拉机。坐上去了，那狗就把他咬下来；坐上去了，那狗就把他咬下来，不让他上车。他就没上车。结果，到晚上听说那个车半道上翻了，一车人全死了。你看这狗，不与神通是什么！这么说，大家一致认为把这狗养着，又听说狗被程大种打了，卖了，可狗还是找来了，就说着包工头的坏话，说包工头不是连狗都不如吗，一点人性都不讲。

说这些话时他们是在下雨的塑料雨棚里，三个人身上湿漉漉的，雨棚很矮，只能让人坐着，棚顶上汪着水，雨打在顶棚上，包工头要他们干活哩。多了条狗就多了份粮食，那狗嘴比人嘴还大啊。三个人商量要包工头先预支点工资。程大种卖狗的钱也花完了。三个人斗地主，输了的就输了，赢了的买“驴子尿”。他们去给包工头说，连抽烟的钱也没有了。包工头很烦，朝他们鼓着眼睛说：“别带着狗来一起吓唬我，你们快把狗赶走!”包工头说：我已经忍无可忍了！在这个工地上，一只这么大的高脚狗吊着一两尺长的舌头在我面前晃来晃去，我还有威信不？是你们的工地还是我的工地？

程大种又得想着怎么处置这条狗了。城里容不下一条狗。可狗费尽千辛万苦找到了他。狗跟他出来，是没有罪的，先挨了两锹，又给卖了，让人去剐，但不知怎么又出现了。这未必是太平的魂吗？程大种总是盯着他的狗看，越看越陌生。他摸着太平，摸着它身上的累累伤痕，不是他的狗是谁的！他只有一阵阵心疼和忏悔。如果回去，讲给老婆和娃儿听，他们会相信吗？如果我讲给包工头和城市道路修建委员会的官员们听，他们会相信吗？不会说我是在说谎，诓骗他们？

我只求他们把这条狗留下，就是讨米要饭，也把这条狗留下，最后，完完整整地跟我一起回丫鹊坳。

程大种牵着歪歪倒倒、一走一瘸的太平在半夜里去找食。狗已经很会找食了，对钻垃圾桶有着丰富的经验。城市的垃圾堆得各种各样：有的是垃圾堆，太平几拱几拱就能拽出一块骨头或鱼刺，在黑暗中嘣嘣大嚼；有的垃圾是在烂竹筐里，有的是在铁皮桶里，有的是在高高的塑料桶里。有时候塑料桶冒着滚滚的浓烟——那是未烧尽的煤点燃了塑料。但太平却能毫不畏惧地、神速地从火堆中扒出一块食物来，而不致身上和爪子烫伤。程大种看着太平的寻食本领，十分惊讶和敬佩，他感到这条狗真有能力在这个大城市生活了，完全能在茫茫人海中找到他。这狗在城市似乎比他多生活了十年甚至二十年。它的老道，它的生存能力和生存经验，已经让程大种望尘莫及。真是士别三日啊。

狗吃饱了，就跟它回来。

有时候，他不用牵它出去，放了链子太平也会自己离开工地去找食。有时半夜他担心这狗，去找它，突然从暗处跑出太平来。这狗为何躲在暗处呢？程大种看到垃圾箱那儿有个捡破烂的。再仔细观察，太平总是躲着捡破烂的。但只要他们在垃圾箱翻箱倒柜过后，太平就会神速地冲过去，去找食物。捡破烂的都拿着一种两齿耙，估计会对着与他们争垃圾的流浪狗狠狠一耙，两个耙齿洞就会留在狗的身上。程大种观察，这些捡破烂的常常有着怪异的举止，衣不遮体，或是身上挂着几十个塑料袋——都是些神经有问题的人。但是，面对其他流浪狗，程大种看到太平总是英勇无畏的：它先是两只前爪伏地，喉咙里像闷雷一阵滚动，然后，发出城里狗们没有听到过的恐怖瘆人的狼嗥。就是狼嗥，夜半山冈的狼嗥！宽大的尾巴紧紧拖着，拧满了警惕和决斗的意志，然后，扑上去用牙齿驱赶它们，把它们远远地逐出垃圾堆。程大种看着太平的觅食表演，真是赏心悦目，惊心动魄。但面对走路颠三倒四、动辄向路人乱咬的狗，太平总是让着，并在程大种身边保护他，防止那些狗咬到主人。那些狗是有病的狂犬。

尽管如此，太平还是饱一顿饥一顿，甚至可以说基本处于饥饿状态。因此营养不良，面目全非，瘦骨伶仃，紫铜色的毛没了一点光泽，像一堆发黄的茅草披在身上，全身的骨头都尖削突出，肚子瘪得像一张纸，随风飘扬。加上它必须不停地与其他饿狗争斗，耗尽了所剩无几的脂肪，最后只剩下皮包骨头了。

工地的伙食差得不可再差，程大种自己都吃不饱，还要进行高强度的劳动，没有一口饭给这条狗吃的。道路正在向前延伸，可修路的伙食却越来越差。有一天，太平终于犯了一个大错误。就在那天，一个叫马二剪的工友吃饭吃到一半，气胀肚子，想去厕所解决问题，就把半碗饭放在了一个土墩上，回来见程大种收留的那条大狗正在代他舔碗呢，马二剪是先来的，底气足，气得青筋暴暴就拿砖头劈狗。

这条可怜的狗已经被人打够啦，程大种见了，就大声说了几句。可马二剪正在气头上，要程大种赔饭和碗——碗让狗舔了那还叫人碗吗？两个人不知怎么就动上了手。马二剪的同伙就去劈狗，狗在工棚内外，被打得东躲西藏，落荒而逃；两个兴山老乡将程大种拉开保护了。并且在情急之下说出了这条狗是程大种从神农架带出来的，是只晓人世的猎狗。可愤愤不平的那些人一直要求把这条狗宰了煮汤喝，工地上天天萝卜汤，这狗就算光骨头也总有狗肉味。包工头早就烦了，听两个兴山人这么一说，就对程大种下了最后通牒：有狗无程，有程无狗。要不，把你们赶走。

马二剪的人都在斥责这条狗的不是，说这条狗还是什么猎狗，就是条癞皮狗，扰乱了大家的生活。这么大的骨架子，眼里全是腊月的冰块，半夜时还有事没事像狼一样嗥叫几声，听着都骇人。

已经与马二剪打得鼻青脸肿、衣衫破碎的程大种在工地尽头的一堆木板缝里找到了太平，它正躺在角落里呜呜地舔着被砖头劈开的伤口——臀部破了两三条口子，流出的血被它自己一点点地舔干净了，可是伤口却不能舔合拢，依然悲壮地裂开在那里，像无声抗议的嘴巴。程大种说什么好呢？恨它？爱它？都没有了。他只想着怎么办，可有一种意绪是：不能让这些人宰了，范家一都没能宰，这些狗日的民工们更没资格宰。他们跟他一样面黄肌瘦，口朝黄土背朝青天，真说起来比狗还不如哩，狗还能在垃圾堆里刨到骨头吃，他们跟他一样，一个星期吃不到一次荤。也不能让裆里满是恶疮的黄牙包工头宰这条狗。不能！这条狗大难不死，必有后福。这条狗一定要坚持住，跟我回去，回丫鹊坳去！

程大种扪抚着太平的伤口，太平看到主人的眼里在黑暗中有闪动的泪光，在城市的灯火下。因为疼痛，寒风挤着伤口，伤口似乎在无限扩大，要把它的身体扒开，扒一条能走汽车的大缝。其实，它拥有许多，当它泡在疼痛中回忆的时候。那深夜的山风正在森林中呜咽蹒跚，草垛吹得飒飒直响。那只因为没有主人在家而安然熟睡的狗太平，细匀深沉的鼾声正应和着一阵阵山潮哩。它撵花栎林中的社鼠。它吃猪槽的食。它梦见峡谷尽头落日的余晖。它狂吠不已，那是因为它想吠，没有任何原因。早晨的山冈上满是露水打湿的鸟声和牛铃声。它还有一个家徒四壁的屋子。它有着两头哼哼哈哈的猪，有三只羊，有一只黑白相间的猫。有两个娃儿，一个叫狗儿，一个叫毛丫；狗儿大，毛丫小。它与他们一起上山割猪草，挖柴胡，剥杜仲，下菜园。它还有主人老婆，一个整天忙里忙外吆三喝四的勤快女人，她害着鼻炎，鼻子不停地抽气，发出悦耳的响声。深夜，优美的深夜，一无所想的深夜。夜太长，在柔软的草窝里，它强闭着眼睛一次又一次地进入梦乡，日子一天一天美美地过去……

可它已经来到城市。它已经误入城市。它的眼里滚出了大颗大颗的泪珠，没让主人看见。

它听见主人说："唉——"

主人说："我们走吧。"

9

这一次，主人为了狗而离去，使他自己最终遭到了厄运。对于太平来说，也当然不是一桩什么好事。

天气转暖了些，程大种已有了些经验敢再一次回到武圣路劳动力市场撞撞运气。他是想能找到更好的工作，不再在泥水里，在深深的泥坑里挖泥，两只脚都泡得稀烂了，十个趾缝里流着臭水。他尽量想修路的坏处，包工头和马二剪那一伙人的坏处。想有一个能让太平存在的地方。这样，他就来到了劳动力市场。

坚称还是要干锯木活的程大种最后被一个嘴上栽花的男人带走了。那男人说："人是活的，活儿是死的，只要工钱对，锯不锯木又有什么卵要紧！"并讨好地称赞他的太平是条好狗，他一定帮程大种养狗。

程大种坐着一辆乱七八糟的车两三个小时后才到一个乱七八糟的地方，一个怪味刺鼻的黑水大湖。程大种要去的工厂座落在湖边，厂子里也怪味刺鼻，进了一个生锈的大铁栅门时，那嘴上栽花的男人就要程大种把太平交给门房的一个哑巴，那哑巴胡子拉碴。程大种把狗交过去后，才看到门房旁的一排平房雨廊里，拴着两条大狼狗。哑巴拿来一条绳子，就势套住了太平的脖子。

太平面对凶险的未来不是没有预料，当它在挣扎着别让哑巴的绳子把自己勒得太紧时，那送走了程大种转来的嘴上栽花的男人此刻露出了狰狞的本相，只等那狗脖系进粗壮的绳索之后，挥起一根钢筋，照太平的脑袋就是一下，太平来不及哼喊，就打入了地狱。

为什么这样对待一条狗呢？为什么对这条狗有如此深的仇恨？这些人是不是与它结下了孽，或它冒犯了他们？什么也没有。原因只能说是恐惧，一条太大的狗会横亘在这些人的心上，让他们寝食难安。如果是一只小狗，命运可能就截然不同了。人们恐惧这条怪模怪样、师出无名的乡狗。如今它又因为饥饿与磨难而更不中看，简直像从非洲跑过来的一条饿狗，病入膏肓，颇有侵犯人的意图。人们只求赶快了结它的性命。那哑巴也是个天才，刚才还对着电视里的小品咧嘴傻笑的，现在却磨刀霍霍，拿出一把切菜刀来，就地想把太平的脖子切开。这是那嘴上栽花的男人的“指令”——这男人是该工厂的老板，他要哑巴“切了算了”，同时朝自己的颈子一比划。哑巴没有杀狗的经验，但有杀狗的豪情，一点也不害怕，刀刃在太平的身上荡了两下，又在太平的颈子上比试了两下。太平因躺在地上刀不好下手，那哑巴就试着用刀尖去给太平翻身。刀尖一戳着太平的身时，太平这时竟一跃而起。对刀的反抗使它残存的生命得到激活。它是不会死的，神农架的狗有无边的神力，因为它是在深厚的石头上长大的，生命与山冈和森林一样古老顽强，这是它故乡的大地赐给它的神奇力量！

——当它跃起的时候一口咬住了哑巴的手，菜刀当啷落地。哑巴用悲惨短促的号叫来证明这一切，并且捂住流血的手拼命摆动。两匹狼狗这时突然像两座黑暗的大山压过来，将苏醒过来的太平制服了，压在地上。太平看到两匹大狼狗的四颗卵子在头上雄赳赳地晃动着，它多想跃上一口咬掉它们，可两条狗把太平像钉子钉在地上，顾不得它只剩下半口气，用它们罕见的大锐齿撕开它的皮毛，怀着滔天的好奇，要看看这只赶山狗肉里面的秘密。它们一点点撕扯着，就像在表演拉面。那个哑巴一阵奔跑止痛过后，还是提刀来朝太平的身上一阵乱剁，那血就喷得哑巴满身满脸，两条狼狗也止不住地兴奋呻唤，加上哑巴的快意嗥吼，几股声音在天空中缠绵回旋，在这清冷的工厂里恣肆穿梭。太平淌着大滴大滴的泪珠，动弹不得，又一次昏死过去。

太平是在夜间逃跑的。因为被扔在地上，它的身子沾上了地气，就会从死亡中活过来。地气有一种让生命复活的伟力，只有在大地和山冈上生长的狗，才能接受到这种地气的灌注，死而复生。对地气的无比敏感和依赖，是那些赶山狗生命力会出现奇迹的根本；它们像一株株植物，承接着、汲取着大地的养分，它们的身体里有这种聚集吸收的根须。它们的生命属于遥远的山冈和无处不在的大地。

深入骨髓的持续痛感在一阵哀风的猛刮下苏醒过来，太平看见了链子锁着的那两条狗绿荧荧的狗眼，而它却没被绳子拴着。他们以为它已经死了吧。

太平摇摇晃晃地站起来，大地推了它一把，将它撑持了起来，四条腿，一一给了它平衡的力量。大地说：你是不死的，你是罪恶城市的邪火中的金刚；大地说：你必死在故乡，安然长眠在阳光的森林里，山冈上的马尾松和清风必是你送亡的见证人。一只蜜蜂在杓兰的紫花笼中为你嗡嗡念着悼词，山坡草地上的芍药是你铺满夏天的白色挽幛。鸟声啁啾，那是天上的香雨，一直穿透你的忠魂，飞入云端……

太平依托着大地站了起来，满眼泪光闪烁。那是感激的泪光。它开始寻找着逃跑的路径。

狼狗开始叫了，它不能再耽搁了，它要逃出去，逃出这个魔窟，这个静静的魔窟！

哑巴因为被太平咬了疼痛难忍不能入睡，吃了三颗安定才进入梦乡，两只大狼狗的叫声一点也没震醒他。加上有很高的墙和带电的铁栅门（一到夜间铁栅门就通了电），所以哑巴很放心入睡了。

太平试着走了几步，刚挨着铁栅门，就被一股力量掼了回来，重重地摔在地上，所有的伤口都强烈地醒了。它又爬起来，一步一步沿着围墙和灯光的暗处走着——它寻找主人程大种时学会的一系列隐藏术又一次用上了。就像在凶险万端的大街上行走一样，它走得慢，走得无声。但是，越接近那嗡嗡作响的车间越让人头晕脑涨，刺鼻的气味像一记记闷棍朝它的大脑打来，比神农架森林里夏天那令人惊骇的瘴气凶悍一万倍，顿时刺进它体内的每一寸地方，把它泡得稀烂，浑身无力。它还是坚定地、固执地找着它的主人，它屏着息，在一个灯光模糊的大房子里，它终天看见了许多人——有它的主人程大种！那刺鼻的气味就是从那里面出来的，里面热气蒸腾，毒气一团团一阵阵向屋外涌出来，里面劳动的人在大池子周围运动着，行走着，一个个像一张张薄纸。两个人看管着这些劳动的人。那两个人脸上戴着一种突出的面罩，就像两只嘴腮突出的野兽。太平看着它的主人，主人好像病了，脚踩着浮云，在梦游一样。当他蹲下去的时候，那两个"野兽"突然在他的头上给了狠狠一棒，主人程大种发出尖锐的悲叫。捂着头站起来的程大种，只好又开始拿起一根沉重的棒子在池子里搅拌起来，那腥黄的厚重的热气一下子吞没了他。

太平心疼地看着自己的主人。就在这时，狼狗突然离它很近地狂吠起来，同时响起了叱喝："抓住他！"荒草密布的院子里出现了奔跑的人影。狼狗向这边奔来了。一个人被打倒了，发出呻吟声。太平赶快寻路逃跑。真是慌不择路，它看见一条汩汩向院墙外流淌的臭水沟，穿出墙洞，那墙洞也就只能一条狗通过。它纵身跳进沟里，臭水滚烫，浑身的伤口如千万把刀割，如万箭穿心，皮肉在嗞嗞地烧灼着，腐蚀着。它游出了院子，吃力地爬上一个草滩，全身的灼疼使它禁不住想狂嗥，可它忍住了，牙齿咬出了血。它知道不能吠叫。

昏昏沉沉中，风把它吹醒了。它逃了出来。疼痛已经使它麻木、绝望，烫热的泪滴也像那奇怪的臭水，淌出时让脸面灼痛。它像死了一样的趴在草滩上。天空群星如蚁，银河依稀倒悬。远远的城市灯火依然不舍昼夜地荡漾。这是哪儿？这噩梦一样的地方，主人和我为何会来到这样的地方呢？美丽平和的丫鹊坳为什么把我们推向这样的地方？主人程大种为什么要遭受这种惩罚并且牵累我？

肮脏的大地它也是大地，腥臭的大地它也是大地。太平用肚腹紧贴着沁凉的泥土，汲取着深处的干净的能量。它站了起来，回过头看着那黑魆魆的院子，那蒸煮着地狱沸水的院子，这莫不是传说中的地狱？

有一片小小的林子，在一个高高的土台上。它向那儿爬去。它爬了上去。在那儿，居高临下，能多少看清楚院子里的事情。太平的眼睛还灵锐，虽然嗅觉已完全被这汹涌的异味破坏了。

它在那儿等着，盼着，盼着它的主人从那个生锈的铁栅门里出来，带着它，回到丫鹊坳去。

10

它晚上出去找吃的，白天，就在自己用爪子刨出来的一个土洞里养伤、休息、避险。有泥土的慰抚，伤口在时间的流逝中慢慢愈合。不过，那被下水道的奇怪臭沸水浸过的伤口，有几处始终不能封口，往深处溃烂，形成窦道，流着黄水。

湖边有许多死鱼，也有扔弃的死猪死猫。为了生存，它必须学着吃那些腐物，刚开始，它不停地闹肚子，但闹过一阵，它挺过来了。再吃就注意吃稍为口感好一点的烂货，或者多跑点路，去寻些新鲜垃圾。等身体好转之后，它就在土台周边、湖边和小树林逮老鼠；这里的老鼠泛滥成灾，而且肥硕无比，一只只比狼还凶，也是吃腐物的，可它们的肉质却十分鲜美。

吃老鼠的事缘于有一天晚上，它在土洞里被一股森冷的风吹醒，预感到有危险，接着就听到一阵吱吱乱叫的声音。睁开眼探出头往外一看，我的天！有几十只壮如猫的老鼠已围在它的洞口。老鼠们缩着丑陋的鼻子，一排排尖锐的啮齿向太平发出了示威——很显然，这些老鼠是有备而来，准备在洞里围歼太平以吃掉它的。

就算它们凶狠如竹溜子，就算它们是一头头狼，搏斗，与这些不知天高地厚的城市老鼠的搏斗会激发它体内的征服激素，求生的意志也使它的牙齿和爪子再一次有了剑吼西风的英气。那些老鼠不知道太平是一条与众不同的狗，是一条神农架深山里的纯种猎狗，在这个小土台上的战斗，简直不值一谈。于是，太平不顾一切地冲了出去，一个一个地咬死它们；先咬死，再吃它们！老鼠们以为这是一条静静等死的病狗，阳气全无了，可一阵狂风卷来，一会儿就鼠尸狼藉，鼠们被咬死了大半。它自己的伤口再次哗哗震裂了。可是，对敌人的杀戮使它获得了自信。它知道自己是不败的，因为它是一条赶山狗。山都不怕，何惧土台！

喝了老鼠青春的血，体力恢复得很快。它常常望着那个院子里的车间、衰草和人，想悄悄地潜进去，救出它的主人。

春天正在悄悄地到来，在这个城市不被人注意的边缘，在土台和湖边，各种绿色的植物被一阵夜雨染绿了，不知名的野花顶着鲜艳的颜色摇荡起来，腐臭的水边也有不知情的水蒿和芦苇的芽子依然娇嫩地窜出身，显得尤为壮美。竟然还出现了青蛙的叫声。野蜂和鸟都在各自自由地飞翔，而它的主人却在里面暗无天日地受难。

那些天，到了深夜，终于看到那铁栅门打开了，有轰轰作响的汽车开进去，然后汽车再开出来，大门就被那鬼鬼祟祟四处张望的哑巴急急地、重重地关上了。狼狗牵在他的手上。那两匹狼狗会在半夜从院子里嗷嗷乱叫，偶尔，也能听见人的惨叫声，其中有它的主人程大种。

害怕是肯定的，那种种的惨叫声会让太平听得阵阵发抖，心有余悸。每当看到那个哑巴，它就会莫名地战栗一阵子，好像患了疟疾或遇上了寒潮。

哑巴守着的大铁门是千万不可进去的。好些天，在晚上，太平围着那个院子长长的、泥沼黑臭的围墙转圈儿。唯一可走的依然是它急中生智随水流出的那个下水道。可是，望着那卷着泡沫、冒着热气、怪味难忍的黄水，它就怵了。它试着把爪子探下去，爪子就一阵灼疼。最后，它憋足了劲，屏了一口气，还是勇敢地跳入水中，拼命地向洞里游去。

程大种已经病了三天，不知道是什么病，那个嘴上栽花的男人给他吃了几颗什么药片，他就昏昏沉沉地睡了。宿舍没有窗户，难闻的气味凝滞在屋子里。他的皮肤发痒，一抓一个水疮，流出难闻的黄水，跟下水道的水一个样。恶心，呕吐，眼睁不开，呼吸困难。他感到他快要死了。他身上盖着从家里带来的被子，已经很脏了。可是那被子上的红碎点的花使他的眼前出现了幻觉，老婆陶花子就在那红碎花点中间，纳着被子朝他笑着，有时又骂着。骂得十分难听。

“陶花子！……”

他冷得不住地打着牙磕，身子痉挛成一团，胸口堵得慌。

“我可能……回不去了……还有一个……躺在那儿哩……”他的手给陶花子指指说，“老板不让、我们走，你只要说走……就有人拿大棒打你……”

稻草角落里爬着一群群大老鼠，对面床上的那个工友的脚趾已被啃了，在那儿成天哀号，估计又昏死过去了。老鼠估计又在啃他的脚趾。程大种抬起头，想去看看，在黑暗中，忽然看到有一排排荧荧闪闪的小眼睛，这么多的老鼠！是不是它们嗅到了这个工友快死了，准备来饱餐一顿?!

“老鼠！……”他想喊，可喉咙堵了，声音像从墙缝里发出的一样。

他吃力地够着床底自己的鞋子，终于拿起了一只，用尽力气朝老鼠砸去，一阵吱吱的响声，老鼠不见了。

其实他什么也没有看到，看什么都模模糊糊，头沉得像箍了个铁箍子。

他突然想那些老鼠该不会啃自己吧？我也快死了，还管别人！他感到那些老鼠还待在屋子里，正在伺机行动，它们正向他的身体爬来。他昏昏沉沉地想着这事，手脚拼命动弹着，生怕一停下来老鼠就会张出啮齿来啃他。

就在他本能地舞动着四肢时，手触到一个毛茸茸的东西。

“老鼠!”

他吃力地收回手来，吃力地把眼皮撑开，分明是一个大大的长毛的家伙，狗！是厂里凶狠的狼狗？不是，它舔着自己哩，是太平？是我的狗，是太平！

狗像久别的亲人一样用湿漉漉的身子紧紧地摩擦着他，舔舐着他，温热的舌头像故乡的阳光。狗尾巴不停地摇摆着，嘴里发出呜呜的呻吟。并用嘴咬着他的衣服往外拖拽。这狗是在救我，想让我出去！狗啊，它要救我逃出去！一阵感动，接着是一阵虚脱的晕眩，程大种手脚顿时冰凉，晕厥过去。那些脚头等待的老鼠这时候疯狂地扑上来，就啃程大种的脚趾。钻心的疼痛传来了，程大种一声尖叫，太平就引起了警觉，嗅觉丧失了，眼睛却一下子逮住了猎物。只见它用极低沉（怕人听见）但很震慑的声音怒吼了一声，就像一只大鸟跃起，朝床上的老鼠罩去。顿时，屋子里飞蹿起一只只笨重的老鼠，纷纷落到程大种的身上、被子上、头上。老鼠在被咬死时，竟发出一种令人毛骨悚然的惨叫，使人知道无辜的死亡是多么可怕。

程大种已无力坐起来。老鼠在屋里疯狂逃窜，叫声一片；它们撞在墙上，撞在门上，撞在天花板上，被撞被咬得鲜血四溅。

“好样的，太平！你真是好样的！”程大种在心里赞叹自己的狗。

一阵狼狗高亢的叫声像风暴在院子里刮过来，还伴有哑巴那含混不清、仇视一切的吼叫。

“快跑，太平！……快！”极度虚弱的程大种在黑暗中摸到狗，用尽最后的力气猛拍它一巴掌。

太平正在亢奋地咬着老鼠，它愣了一下，马上明白了。主人的指令就是一切。

就在狼狗和哑巴赶来时，就见一道粗壮的黑影像闪电蹿出门外，飞进院子的荒草中。两只狼狗马上朝草丛里扑去。哑巴没看清是什么，在那儿正搜寻着想看个明白，忽然一阵狂风，一个黑影罩来，他的腮帮子就被撕掉了一块，发出“噼啦噼啦”的声音。“啊!”哑巴惨痛地叫唤，人竟跳起了三尺高。两条狼狗急急追去，那黑影跳进滚烫的废水中，沿着下水道钻出了院墙。

太平再一次潜入院子是在五天以后，它看见它的主人程大种已经死在床上，七窍流血，骨瘦如柴，老鼠已经啃坏了他的脚趾，两个耳朵也没有了。它躲在那一人多高的野蒿中间，看到哑巴和另几个人把它的主人抬上汽车，然后车开走了。太平潜出来后，追赶着那辆汽车的尾尘，可是到了一个三岔路口，它辨不出车去的气味，空气里的浓郁怪味绞杀了它的嗅觉。

它在城里找了几天，后来它来到了一个火葬场，在空气中似乎嗅到了一点点它的主人的气味，那高耸的烟囱上正飘过一缕缕的白烟，它的主人程大种随那缕白烟飞走了。

“故乡！……”它在心底里大声说。它喊。它，太平，一条狗。一定是回到故乡去了，它的主人。那缕白烟正向遥远的天际飘去，在很远的地方，在川、陕、鄂交界的那一片山冈上，总有这样的烟云，像透明的梦境，从它的眼际飘过！还有一种更醇厚亲和的气味，不是这儿死亡的冷漠气味，那气味突然从很深的地方泛了出来，还没有死去，它蛰伏在太平的心灵深处。那气味使它回忆起了过去的一切；那气味拉拽着它，牢牢地拴住了它，让它不可遏止地带着坚定的步伐，向那儿走去！

它跟着缥缈的主人，跟着云端里的呼唤，在星星的指引下，嗅辨着那若断若续的来路，向回走去。

越过了千山，涉过了万水。不停地行走，不停地寻找着那从小就熟悉的气味。它已经走掉了身上的毛，走秃了脚爪，尾巴被围攻的野狗扯掉了半截，耳朵拉开了口子，一只眼睛也被顽童戳瞎了；它见过了世面，伤痕累累，流泪成河，可脚没有停下半步。它死了，又活了；活了，又死了，九条命（猫狗九条命）已经用了八条。还有一条攥在自己手里。它走着，走着，已经不是一条狗，是一个行走的魂。

在一个深秋，在百果摇曳，万树如火的日子里，狗儿和他的妹妹毛丫看到山路的尽头走来了一匹歪歪倒倒的狗，狗一走一瘸，浑身裹满了尘土，身子已像一个纸糊的架子。这狗熟啊，这不是咱家的太平吗？

“太平！妈妈，太平回来了！”他们忙向厨屋里的妈妈大喊。

听到喊声，那个厨屋里的女人陶花子从里面出来，在抹腰上揩了揩手，揉揉被灶火熏红的眼睛，朝那匹远远走来的狗看着。

“真是的！太平！太平回来了！”那狗不紧不忙地走了过来，睁着唯一的一只眼睛望着他们，面色沉静，没有表情，尖削的嘴紧紧咬着，眼神怠倦，好像是从一个深深的山洞里走出来似的。

“太平！太平！他爸呢？大种呢？太平！他没跟你一起回来吗?！……”

女主人陶花子蹲下来一把抱住了它，摸着它瞎掉的眼睛和开岔的耳朵，摇着它问着。狗依然没有表情，一声不吭。这时候，陶花子看到它的眼睛里滚出了一滴一滴的泪珠。

生活还在继续，因为日子还在继续。

丫鹊坳和神农架的人都在谈论着这条叫太平的狗，这条神奇的神农架赶山狗。这件事刊登在二〇〇×年十月的《湖北日报》上。

报道说：

> 狗的主人程大种（化名）音讯全无，狗却千里迢迢回家了。
>
> 我希望程大种也能像他的这只神犬一样回家，因为他的亲人们在日夜盼望着他的归来——假如他还活在这个世上的话。

马嘶岭血案

我就要死了。活着也就跟死了一样，脑壳瘪瘪的，像一个从石头缝里抠出来的红薯。头上现在我连摸也不敢摸，睡觉不是坐着就是俯卧着，九财叔那一斧头下去我就这个样子了，当梨树坪的两个老倌子把我从河里拉起来时，说，这是个人吗？这还是个人吗？可我还活着，我醒过来了，指着挑着担子往山上跑的九财叔说："他、他、他要抢我的东西！"我是指我们杀了七个人后抢来的财物，又给九财叔一个人抢走了。医生在给我撬起凹进去的颅骨时说："撬过来了反正还是得崩。"还有一个刮瘦的护士给我扎针时说："你还晓得怕疼，我的天，到时一枪下去，那么大的洞看你喊疼去。"我疼得天昏地暗，这不是报应吗？九财叔砸我，我砸了别人，别人都死了，我却疼痛地活着。

就这么等死的时候，前天老婆水香捎来了儿子的照片，一张嫩生生的照片，背景是红的，是在镇照相馆刘癞子那儿照的。儿子在向我傻乎乎地笑着，咧着没齿的嘴巴，眼泡肿肿的，耳朵大大的，活脱脱一个水香，活脱脱一个我。

现在是深冬了，早上放风出去地上有凌。再有一个月我就要与这世界再见了。

今年的秋天，九财叔来找我，让我跟他一起去当挑夫。我当时想都没想，就答应了。一个月三百块钱呀，不少了！尽管是到很高很远的马嘶岭。

我记得那个秋天早晨的山路是多么安详，水香的声音在干爽暖和的山路上飘荡着，还带着一股子挥之不去的乳香，紧紧依着我的鼻扇。临走的那天晚上，我糊糊涂涂地就要爬水香了，水香说，别压坏娃子哦。我说不压，不压。我忍了几个月了，可这一走一两个月，我实在忍不住了。水香在下面说，别压坏娃子哦……那个早晨的山道上红叶似火，天空像一张豁然张开的大嘴，瓦蓝瓦蓝，温馨的风像狗毛一样骚扰着脸颊，水香的声音就在那儿荡漾着，像山岚一样娇软若无："别压坏娃子哦……"这声音只有我一个人能听见。我嗅吸着声音里的乳香，在前头快快地走着。我不想跟九财叔走一起。分别时，九财叔睁着那只没眼皮的右眼睛，瞪着我跟水香道："快点上路！"

九财叔也在死劲地嗅吸着，他是在嗅吸空气中霜打过的野柿子的甜味。我给站在石坡上的水香挥手，水香穿一身紧身红袄，肚子鼓鼓的。我在想，一个月三百块，这次去当挑夫，我是为水香挑的，为水香肚子里的娃儿挑的。

我们两天以后才到了马嘶岭。

马嘶岭是南山里面的野岭，燃烧得更加炽烈。茂密的冷杉林，鲜红的桦树，高挺的山毛榉，英气逼人的岩上松，还有那么多枫、栌、槭树和灌木的金黄色，喧红色，到处的秋花，野葱，兽迹，让人看得呆哑无言。五十多岁，戴着眼镜，头发爬顶的祝队长拿出一个仪器来，说："到了，是这儿。"另一个姓王的小王就拿出一张地图，指着说："正是这儿。"又问九财叔说："这是马嘶岭吗？"九财叔说不清，小王又问炊事员老麻，老麻也是我们当地人，他说这应该是马嘶岭，他说他听打猎的讲过，马嘶岭到处是野葱野蒜，"这就是了。"他扯了一大把野葱，他说以后我们就有野葱吃了，特别好吃的，用盐溇了最好吃。他掐着野葱的根须，一根根把它们分开，放到鼻子下闻闻，又让那些人闻。小杜就接过去闻了，她是踏勘队唯一的女娃子，她说："好香，好香。"

我们就这么住下来了。他们住一块，我们住一块是三个人，炊事员老麻、九财叔和我。老麻后来嫌我们，住到厨房小棚里去了，在灶口柴窝里铺一床絮，比我们强多了。我们冷，头一夜就跟睡在冰岩上差不多。我一床被，九财叔一床絮，搭伙的。他的絮又破又烂又薄，怎么也隔不断冰冷的地气，第二天我去割了几捆巴茅垫在下面，才略微暖和些。我们的棚子是塑料纸的，而祝队长他们是帆布的，还没有缝隙，完整的帐篷，像一个屋子，里面还有间隔，那女娃子小杜就睡在最里头。

刚开始我们知道他们是找矿的，第二天就得知他们是专来找金矿的，是为我们找金矿的。也许就是那个该死的“金”字，这黄灿灿的让人想到荣华富贵的“金”字，开始撩拨了我们。不对，应该是撩拨九财叔了，撩拨他心中早已枯死的那个欲望了。本来他都老了，两条腿虽说能挑个百八十斤儿的，但常也有蹒跚的样子了，眼睛也没什么神了，内心快坍熄了，只等哪一天一场大病，或是喝酒喝死，阎王爷安静地把他收去。

第二天就听到祝队长说：“这就是我们的踏勘靶区。”他指着马嘶岭和岭下的马嘶河谷，声音洋溢着一种喜悦和轻松，好像来这里是玩耍的。其实这里荒无人烟，崇山峻岭，巨大的河谷吞噬着天空，马嘶河和雾渡河在这儿汇合，流淌着的河水在秋天通体泛红，好像一头巨蟒吐出的信子。我听见小杜那女娃子说：“好美呀，太美了。”还拿着一个很小的相机咔嚓咔嚓地给他们拍着照片，也让人给她拍。小杜这女娃子长得像山里的洋芋果，圆圆叽叽的，个头也不高，爱笑，爱唱歌，我就暗自给她取了个洋芋果的诨名。那个身子单薄的小谭长得像根峨眉豆，他的刀条脸和身子，不是峨眉豆是什么。我听见他们说着那周围的岩石，祝队长指着河谷说：“这就是开门金。”他比划说，“河流骤然变宽了，流速减慢了，上游带来的泥沙、砾石、砂金都沉积于此了，看见了吧，开门金!”他说了几遍开门金，说过去这儿因为没有人烟也没被开采，可能有小量开采，因为这周围是土匪窝子，没人敢来，就算淘出了金子，也会被抢被杀。

我的心那时有一种豁然开朗的感觉——开门金！我忽然对这些产生了兴趣，仿佛也成了他们中的一员，完全忘了我不过是他们的苦力和挑夫。祝队长是头儿，他总是站在中间，那几个人站在两旁，听他手拿着小锤敲打着岩石讲解，那个常在他手上的有数字跳闪的东西我也知道了它叫GPS，卫星定位的。后来洋芋果小杜给我说它是用十二颗天上的卫星定位的，我们现在站在哪儿，经度多少，纬度多少，海拔多高，它一下就显示出来了。她说我们现在站的这个地方，马嘶岭的海拔是三千四百零九米高。我问她这个东西值多少钱，一头牛钱吧？她当即就哈哈大笑起来，把我笑毛了。可我之所以敢问她，是那天大家喝了点酒后我在他们的怂恿下唱了几个山歌子。她说我的山歌子唱得好，当即就把我的山歌录下来了。我知道那是录音机，可没见过那么小那么薄的录音机。我还问过她关于剥夷面的事。她指着祝队长指过的河谷对岸，高耸入云的一扇巨大石壁，光秃秃的。我只能隐约知道“剥夷”是怎么回事。剥夷面上，经她的指点，我似乎看到了一条石英矿脉，因为在夕阳里那儿闪着耀眼的光斑，还有云母。她说在它的顶上，也就是台面上的塔状熔岩，很好看吧，是一种碳酸盐岩。她说他们去看过了，那儿曾有炼过硝盐的痕迹，地图上有个地名叫晒盐坡，估计是那儿。她说你们这地方保存了第四纪冰川地貌，也就是七八十万年前的，那刃脊，冰斗，冰蚀槽谷，还有漂砾。“你看，”她指指河谷中那些巨型的石块说，“那些石头不是原本在此的，是从别处搬运来的，谁有这么大的力量？就是冰川，冰川就是神仙，力大无比。你看那三角面，很清晰的冰川流动时削磨的痕迹，把巨石从远处搬来了。”

她轻描淡写地给我说着这些，我却觉得她的话撼人心魄，在那个晴朗无风的傍晚，无数玄燕和蝙蝠滑翔的河谷上空，我听到了冰川轰隆隆运动的声响，而当时的山冈是寂静的，旷古的寂静，这女娃子的话让我热血沸腾，浮想联翩，仿佛眼际滚过了那个壮观的七八十万年前的场景。我真的佩服他们。这女娃子跟我跟水香一般年纪。可我没读多少书，初中没读满就辍学了。我爹是个“八大脚”，八大脚就是抬死人的杠夫，他除了抬死人，挣几双草鞋钱，没屁的本事。

这天晚上，西南方的山坡上突然射出了一道强光，有如电焊的弧光，一直刺入云天，把周围的山坡、沟坎都照得如同白昼。那边帐篷就有人惊醒了，问是谁在照。大家都起来了。忽然那强光变成了两个光点，一上一下。大家以为是野兽，五六只电筒一起射去，那光点一动不动，祝队长就叫大家操了家伙跑过去扑打，不见了影形，也没有什么野兽，遂回到帐篷。而这时那光点又只剩下一个了，在帐篷顶不远的崖上直射我们。

“这莫不是鬼吗？”九财叔说。祝队长他们那一夜都没有睡着。早晨起来去山坡上查看，什么都没有。方圆百里无一个人，无村庄和电线，这么强的光是从哪儿来的呢，又是什么东西所为？这个问题困扰着我们，祝队长宽大家的心说，你们不要怕，长期在野外生存，什么神秘的事儿都有。这个地方，听说过怪事不少。九财叔坚持说是野鬼，还说是什么独眼鬼，见了我们这些人稀奇。他说南山里不仅有几丈高的红毛大野人，还有鬼市。你们不知道鬼市吧？有一年来南山采药的一群人，晚上在老林里看到了一条小街，好不热闹，什么京广杂货都有，买货卖货的人把衣裳都挤破。几个采药人也去买了些东西，有买鞋子的，有买衣裳的，便宜得不得了。第二天早晨一看，鞋子变成了草鞋，衣裳变成了棕叶，店家找给他们的钱全变成了冥钱，再去找那条街，哪儿找去，莽莽森林，除了树还是树，什么都没有。做饭的老麻也附和道，他们隔壁村也有过怪树的，有棵叫水洞瓜的树，是千年老树，从来只结籽不开花的，只要六月开花，这年必山洪暴发，开花的时候，树心里面就传出叮叮哐哐的锣鼓声，天一放亮就没了。说有个小娃子去上面掏鸟窝，掏出了三双草鞋云云。事情越说越玄乎了，说得大家脸色发白，倒抽冷气。祝队长就严厉制止道："老官，老麻，你们不要在这儿瞎说了。老官，你要是信鬼，今晚你跟我捉一个来，如果捉不到，你就走人。"

一开始祝队长就不喜欢九财叔，九财叔本来就不是一个讨人喜欢的人，所以祝队长就想赶他走，这是九财叔恨祝队长的始因。另外，那个一听九财叔说话，就从喉咙深处发出一种怪笑的姓王的博士也不喜欢九财叔。姓王的博士总是干干净净，头发方寸不乱，油水很厚的样子，不过他那个头就像个大田螺。他说："别吓唬我们了，我们这些人都是久经沙场的，别看你们经常在山里转悠，但也比不上我们在野外生活的人。"

九财叔没有捉到鬼，踏勘队就响起一片嘲笑之声。我们跟在他们屁股后面，挑着一两百斤的东西随行。我们挑夫挺苦，一天十块钱，赚得很难。挑着一两百斤的东西，翻山越坎，过河上坡，他们徒步都困难，更何况我们这些挑夫。一头是他们刻槽取样的石头，剥离的石头，一大块一大块的，就往我们箩筐里丢。有时候，扁担上肩，腰却挺不起来，咬着牙，腰椎一节一节地压趴了，人站起来了，腿都在哆嗦，心想，这就是命。担子的另一头有石头也有一些贵重的东西，那个像夜壶一样的家伙，是个什么水准仪。水准仪不止一台，有一台是日本的家伙。这些仪器常被分成几段拆卸后放进箱子里，再装入箩筐。祝队长虽然讨厌九财叔，可还是信任他的力气，认为让他多挑贵重的东西牢靠些。

两天后，祝队长和小谭去了一趟山外。为了防止野兽和坏人，他们上山来时配了一杆闪闪发亮的双筒猎枪，还给他们每人带来了一把跳刀，祝队长的绑腿里原来就插了一把美国猎刀，一尺多长，听他说，是一个外国同行送给他的。我慢慢才知道祝队长其实是去替他们领钱去的，还买烟买电池买扑克，给洋芋果小杜买来了许多糖果和女人用的东西。小杜把祝队长喊祝老师，小谭把他喊祝教授。听说祝队长是小杜的导师，小杜是他的研究生。小谭不是，只是祝队长手下的一名工作人员。他下山是去给他在乡下读书的妹子寄学费去的。我听小杜问他："寄了吗?"他说寄了。这是与钱有关的事。每当这时，九财叔的耳朵就支棱得很长，好像是与自己有关的。他晚上愤愤不平地告诉我说："他妈的他那娃子一个月就能赚两千多块钱。"他说的是瘦小的小谭，我们都知道他是个山里娃子，与我们口音相近。我问那祝队长不更多?九财叔说，听说他有好几个金矿。我说他有金矿?九财叔说是人家的金矿，他会找金子，人家就拉他入伙，叫技术股，那金矿他还不占一份?这儿若找到了金矿，他又有了一份。听说他光乌龟车就有两部，有一部现在停在县城里，是他自己从省里开来的。我不知道九财叔是怎么知道的，你别看他平时闷声不响，瞪着一只永远也关闭不上的可怕的眼睛，可他知晓别人的事来，好像他长了好几个耳朵。

祝队长回来说到那怪光的事，说调查了，周围没有电焊的，说山下的人说了，南山山里是有一种奇怪的光，学大寨那会儿，山下一个村里有一块田也有发出过怪光，也是贼亮贼亮的，像探照灯。他说是否与我们踏勘的岩层有某种关系，比如是一种石英，反射了太阳的光或者别的什么光，透明石英也就是水晶。离这里不远据说有几个水晶洞，而且可能还含磷。在那个剥夷面上，你们看见没有，有许多水晶亮点，在早晨尤其清楚，已经可以断定，这是石英脉型的金矿。那边的剥夷面，花岗闪长岩与石英闪长岩的身边，与金矿最密切，所以，这是金矿给我们的强烈信息。他转过头来对我跟九财叔说："有了金矿，当地政府开始开采，你们这儿的经济就会大发展，农民就会富起来，公路就会修通，这儿，说不定你们说的那个鬼市就真变成了现实哟。"他对九财叔说："你会顿顿有酒喝。"祝队长罕见地给他开了个玩笑。这种未来的憧憬把老麻说得一愣一愣的，老麻对我们说："祝队长是给我们做好事来了。"

晚上他的菜做得格外有味，野葱拌上了更多的香油和野花椒，加上祝队长与小谭提回来的两瓶酒，我们一人分了一杯。九财叔和老麻看到酒，眼睛就放光，他们眼里充满了对祝队长的感激。上山来的这几天，我，九财叔和老麻，跟他们六个踏勘队的人是分开吃的。我知道他们的饭比我们好，每顿都有肉，做的时候我和九财叔就闻着香味，直咽口水。我想要是我们天天吃上他们那样的饭，也就等于做上了城里人，跟他们平起平坐了。

下山了，我那想做城里人的想法，让那一担沉沉的石头压得无影无踪。

我们要挑出他们取样的石头，到山下一个地方交给后勤分队，然后再挑回大米、面粉、菜、油盐。下山就是出山，得来去三四天。当你挑着那么沉重的石头走无穷无尽的石头时，你的心里就像压着一块石头，脚上绑着两块石头。石头缠上了你，百多里的路，峡谷，险峰，乱石滚滚的高地，龇牙咧嘴的悬崖，全是石头，石头，石头。我们上山时还行，与九财叔下去，两担石头，两个无声的人，走在茫茫的石头上，走在深深的石缝里。从出生以来，哪儿挑过这么沉重的东西呀，挑的是石头。九财叔一句也不吭声，我在苦巴巴地想着家里待产的老婆水香，欲哭无泪。我在想着人与人差别真是太大了，过去在家不觉得。原以为一月三百块的工钱，是抱金娃儿呢，而人家小杜、小谭、王博士他们一月就能轻松拿好几千。我们村长听说一个月才拿一百五呢，大家还羡慕得要死。今年天干，庄稼没啥收成，羊也渴死了几只，收农特税的村长上了几次门，威胁我爹说，你不交税就不让你家媳妇生娃子。八大脚的我爹是横了，叫嚣说我倒要生生看，生下来你村长有种的把他掐死。我挑了石头就能生娃子，我挑了石头就能给家里交税，还能给水香和娃儿买吃的穿的。就为这，我也要挑啊。

那天晚上，我累得开始屙血。

我给九财叔说我屙血了，九财叔不相信，到草丛里一看，九财叔叹着气，说屙两天就好了，人的力气都是压出来的，不压不知道过日子的滋味。九财叔说，你知道祝队长有两辆乌龟车吗？我问他是听谁说的，他说总有人给他讲。他躺在葛藤攀附的石头上，望着林子上面的天空，用石头敲着石壁，说："村里的吉普是村长三千块钱买回来的，那他的两辆乌龟车不要几万吗？"我们那儿的人把小车都叫乌龟车，因为它们都像个骚乌龟。我没有搭理他，我在想水香肯定不知道这会儿我在荒郊野地屙着血，对着一担死石头无可奈何。她以为我是到外头寻快活见洋广去了。没有我在身边，水香肯定是眼巴巴地望着念着我，被子里也空凉凉的。她嫁过来，我还没离开过她，她也没离开过我。我揉着自己已经开始磨烂的肩膀，看着箩筐里的那些石头，想着想着，泪就出来了。九财叔吃惊地看着我，那只没有眼皮的眼睛像一颗苦桃一动不动，突然从他背着的垫絮里“哧啦”撕下一块棉絮，过来垫到我渗出血水的肩上，又抱出我箩筐里的一块石头，“哗啦”丢进了沟壑里。

我一见慌了神，喊：“甩不得的，甩不得的。”我顾不了一切滑进深沟去捡那块石头，“这不能甩，这编了号的！”

我抱着石头爬上来，九财叔还是那么瞪着我：“蛋球！”

“这是编了号的！”

九财叔什么都不知道，人家在石头上写了字，也在他们的图纸上记下了的，画了好多图。可九财叔什么都不懂。

我把矿石重新放进箩筐里。“这是矿样！”我对九财叔说。

“这不就是石头吗，蛋球！”九财叔说。他没有文化，我跟他是说不清楚的，只当跟猪说。

“好，你屙血，屙！屙！”他恶狠狠地说。

他不理我，他挑上石头一个人上前走了，我也只好又把石头上肩，扁担在磨破的肩上吱咯，吱咯，吱咯……

我正在埋头一步一挨着，听见前面一阵响声，我猛然一抬头，看到九财叔握着扁担，站在那儿，一动不动。前面的箭竹丛里，窜出来一群野猪，就在九财叔不远！

“上树！”九财叔一声喊，我甩下担子就往最近的一棵树上爬。我还没有看见过那么多拖儿带女黑压压的野猪群，我往上爬，踩断了一根枝丫，从树上掉下来，摔得屁股一阵锐疼。

我看见九财叔非常紧张，可他又不能动，只能对峙在那儿。我这摔下来的一声，让野猪们引起了警觉，一个个竖起毛刺刺的耳朵，亮出尖尖的豁吻和寒光闪闪的獠牙对着我们。我接着又往树上爬去。“叔，你上啊!!”我拼了老命喊。这一喊，野猪们出击了，箭竹丛一阵哗哗的骚乱，滚滚黑浪就向我们卷来。

“你混蛋!”

九财叔拉下我就朝陡坡下跳去，至少有三米高的陡坡，我落到地上，卡在一个石缝里，脑袋好像撞上了什么，一阵迷糊。野猪的吼叫声在岩上面，过了一会，我头脑清醒了，听见九财叔说：“治安，治安，你在哪?”我说：“叔，你在哪?”九财叔爬过来替我翻了个身，恶声恶气地说：“让野猪把你吃得干干净净!”我摔得不轻，懒得跟他论理，他又吼我要我快抽出开山斧来。我在腰里抽出了开山斧，我们谛听着头顶，野猪们急吼吼的，但并没往下面跳。我们贴在石头下，大气不敢出。“得亏没有血腥味。”九财叔说，他是指我们没有摔出血来，野猪没有对我们继续追击。我看九财叔，已摔得鼻青脸肿了，那只没眼皮的眼睛里充血，红森森的，脸上、手上有深深的划痕。我知道自己也摔得不轻，浑身疼痛。天渐渐黑了，我们不敢上去，就着石崖，点燃了一堆火。这深山里的秋夜，寒气侵人，又冷又饿。九财叔说千万别动，野猪是很有头脑的。坐了一夜，第二天天亮后，见没什么动静了，我们手拿开山斧小心翼翼地爬上岩去，看到我昨天爬的那棵树，已经被野猪撞倒撕烂了，我们的箩筐也被掀翻，矿石、我们的被子践踏得脏乱不堪，沾满了臭熏熏的猪屎。我们收拾好石头，只好慌乱地逃出这个野猪出没的野猪坡。

这一趟，少了两块石头，是九财叔担子里的。他不知祝队长都标了记号，回来签收单上都记下了。估计是在野猪坡被猪拱翻后弄丢的。为此祝队长又狠狠批评了九财叔一顿，并且宣布扣他两天的工钱。为这两块石头，九财叔这趟白挑了。九财叔言语不多，没有解释，只是瞪着那只没眼皮的眼睛看着祝队长。我给他们解释说我们遇到了野猪群，可能是野猪把我们的石头掀到山下了，我们还差一点没了命。可是办事认真的祝队长说这不是理由，这些矿样比生命还珍贵。

“你以为石头跟石头都是一样的?”姓王的博士歪着田螺头给祝队长帮腔说。他们不相信我们的话，以为我们是故意丢弃的。

“你这么一丢，我们这么多人至少一天的劳动白费了。”洋芋果小杜笑着想缓解气氛。

事实上那天的气氛并没有缓解。那天晚上吃饭的时候，小谭还给了九财叔一杯酒，说是请他“代”了。九财叔把酒喝了，连谢也没谢人家，倒头就睡了。

我怀疑那石头是他故意丢的，在半道上趁我没注意把它丢掉了，以减轻肩上的重量。

深秋的马嘶岭夜晚，寒风比白天严厉千百倍，有时候飘下一点小雪，有时候飘下一阵细雨——雨是由浓雾而来的，滚滚的浓雾时常淹没我们。在夜晚的深处，马嘶岭万马嘶鸣，它们从天庭滚过，践踏得森林嗡嗡直响。这种马嘶的声音，就像有无数鞭子鞭打着它们。而那几天，我听到的却总是黑压压的野猪在奔跑和狂叫的声音，仿佛它们就在我们头顶，不断地来去，不断地聚散，没有停歇，让我噩梦连连。老麻听了我们的故事啧啧称奇，说："我不信，你惹了野猪没被吃掉，这说不过去嘛。熊比虎狠，猪又比熊狠，这谁都知晓，你们就损失了两块石头？哄鬼。"我说："钱就是用命换的嘛。"老麻就劝九财叔说："有命在，二十块钱就不算啥了，留得青山在，不怕没柴烧。说不定哪一天，你们在这山上能捡块狗头金回家呢。"

没有灯，我们坐在火堆旁，火堆是抵御这凶恶寒夜的一道温暖的屏障。用盐粉揉着一盆野葱的老麻来了兴致，说给我们讲一个狗头金的故事。

老麻那天说的是他们雾渡河上游上辈子人的事。他说马嘶河沿途是有金子的。他说的是旧社会。他说有个人捡了一坨金子，刚开始只觉得是块石头。他把话岔到九财叔丢矿石上去，说，你看起来是块石头，他们看起来里面就有金子，听说含金量还蛮高呢。他说有这么个人，是到河滩刨地刨的一块石头，黄黄的，也没作金子想，捡回去丢到猪栏屋里了。晚上起来拉尿，看到那块石头闪闪发光，就知道有内容了，找人一问，我的娘耶，是块狗头金，这么大——他比划有一个狗脑壳大——于是就到宜昌去，换了足足五百大洋。他揣着这么多叮哐乱响的洋钱，就想到窑子里去嫖一嫖。问好了，有个宜昌城最有名的婊子，长得闭月羞花沉鱼落雁掐得出水来，于是就寻去了。嫖过之后，两人互问籍贯姓名。那婊子一听，知道遇上了自己的亲生老子。为何呢，因这男的生了五六个伢子，后又生了一个妮子。这妮子长到六七岁时，家中无力抚养，便卖给了别人，哪知这妮子长大后误入妓院。虽然与父母姐妹分别时还小，互不认识了，但那妮子还记得自己的老家，记得亲娘老子的大名。于是在生父离开时，在他一双备用鞋里插了根针，针下附了一信。那男的离开后，到晚上在一客栈里洗脚换鞋，一穿便扎了脚，细细查看，发现鞋内有一根针，还扎了一张信笺，展开一看，上写：您是我的亲老子，做了不该做的事，云云。这人读完后觉大事不好，赶去那妓院，一问，知自己的女儿因羞愧难当，已经投江自尽了。

讲过这些故事后，老麻对我们说："你们天天跟他们一起出去挖，说不定走狗屎运，真挖出一坨金子，也有可能。运气来了，门板都挡不住。”九财叔苦笑了一声，沉默了。我给老麻解释说：“你以为这石头是狗头金啵？听说最富的矿，一吨石头才能炼出几克来，”我用手指抓了一撮冷灰示意，“就这么多。不过，也有的一吨石头里含一斤多金子的，但这少而又少。”九财叔横了我一眼道：“你懂！”我拿出枕头下的一本书给他们看说：“这里面全有，”他们就像看生人一样看着我，我便有点得意了，“是小杜借给我看的。”

的确是她借给我看的，是一本《金矿地球物理找矿》。我跟她出去有几天，我们是分两个组，我帮小杜她们挑东西。小杜给过我一种糖吃，不知啥糖，吃到口里一股煳锅巴味，我就问这是啥糖，她说叫巧克力。“很难吃的。”我说。“一颗抵你们小卖部一斤水果糖的价。”她对我说。这么贵！怪不得包得这么精精巧巧的，我就把那红色的玻璃糖纸留住了。她之所以给我糖吃，是听了我唱歌。她有个小机器，里面放一张薄薄的闪亮的圆盘，然后就戴上耳机听，估计里头也是歌。

有一天她要我再唱，我就给她唱了两句“阳呀阳坡的姐，阴呀阴坡的郎”。我说，我再给你唱几首五句子吧。我想了想就唱了一首五句子：“吃了中饭下河游，一对石磙顺水流，你要沉来沉到底，你要流来流到头，半路丢郎短阳寿。”“很好听，”她说，“也很有意思。”我就又唱了一首：“吃了中饭巴门站，泪水滴得千千万，可惜泪水捡不起，捡得起来用线穿，情哥来哒把他看。”她一个劲说好，我胆子就大了，就唱起邪一点的：“吃了中饭下河耍，河下公鸭撵母鸭，公鸭撵得喳起个嘴，母鸭撵得叫喳喳，扁毛畜牲也贪花。”小杜和大家都笑了。小杜用那小机子把我的歌都录下来了，她还边听边记下那词儿：“为什么总是以‘吃了中饭’开头？”是啊，这一问问得我也有点傻了，我说我不知道。王博士却说了：“这还不简单，饱暖生淫欲，饥寒起盗心嘛。吃饱了饭没事干，就想那公鸭撵母鸭的事，听说这山里的女孩子是很性开放的喔。”我说：“也不见得吧。”我说可能是与我们这儿只吃两餐有关，我们这儿早上起来是不吃不喝的，洗了懒就出坡干活；洗懒就是洗脸，因为早晨起来人容易懒，吃了喝了更懒。干了一气活，太阳当顶了，才回家吃中饭。所以，人吃了饭，才有劲，才想唱歌做别的。因小杜要听我的歌，还把它录进她的机器里去，我的胆子就大了，见到丢在她旁边的一本书，就拿起来翻。她们测量，刻槽，取石，我没事，就看那本书，全是怎么找金矿的，后来她就借给了我。

在我得到那本书以后的几天里，山岭却是极安静和明朗的。白云们在天空如影随形，有时候，一股小风吹过，会带来一种混合的，但印象强烈的野果成熟的气味，野柿子啦，五味子啦，鲜红的茶果啦，咧着大嘴傻笑的“八月炸”啦，还有吊在藤上快撑不住了的沉甸甸的猕猴桃啦。我钻进林子中去摘，我把五味子、“八月炸”给小杜，把酸不拉叽的猕猴桃给两个背测杆的杨工与龙工。把不软不硬的野柿子给王博士。他们吃着，不停地点头说：“嗯，好吃，酸，好吃。”我又给他们唱了一首：“吃了中饭肚里嘈，要到后山摘仙桃，七尺杆杆打不到，脱了草鞋上树摇，摇得仙桃满地抛。”

那天小杜、王博士和小谭他们出去了，回来时每人都弄到了大大小小的水晶，就是那种透明得像玻璃和冰块的玩意儿。小杜还意外地弄到了一块红水晶。原来他们是去了一个水晶洞。那块通体透明红如胭脂的水晶让大伙啧啧称奇。可是祝队长却把他们几个人熊了一顿，说他们是胡来，说我们要把一个完整的矿山留给县里。祝队长因为激动两腮都出现了红疹子，摘下眼镜蒙眬着眼瞪他们说是搞破坏，当场就把小杜说哭了，大家也就不敢吭声，连晚上吃饭的时候也鸦雀无声。那块红水晶是否被祝队长没收了，我不知道。

一般来说，我们是早出晚归。每天天刚亮，祝队长的哨子就响起了，“起床了，起床了！”大家惺惺忪忪地起来，不辨滋味地把稀饭裹着馍馍吞下肚去，就灌水，就拿上馍馍，拿上腌野葱野蒜，摇摇晃晃地走了，到了傍晚我们就回到营地，几乎每天如此。这群人——祝队长他们，无论男的女的，就像我们村头磨苞谷的水磨子，不停地干活，爬坡下坎，下坎爬坡，写写画画，然后收了仪器，抱来石头丢进我们担子里让我们挑回来。

好天气并不是经常有的，没过几天，寒风就缠在岭上、河谷间不走了，黏黏的浓雾悄悄地泛上来，与寒风一起，搅得天昏地暗。但是即使能见度非常低，祝队长还是催促大家出去，他的要求是：赶在大雪封山之前完成此次踏勘。在雾里我们挑着仪器以及他们中午的饭食，甚至还有睡袋，还有我们的被子，往勘测点走去。等到中午难得的太阳出来的一会儿，赶紧工作。如果晚上回不来，走得太远了，就随便找一个岩洞住下来，住一晚。在那样的晚上好歹他们会给我们一张塑料布，也不能抗拒石头上的砭骨冰凉，人像赤身裸体丢在冰窖里。他们虽然有睡袋（是鸭绒的），睡袋下又有油布，拉上了拉链就隔开了寒风，可我看见他们还是在睡袋里瑟瑟发抖，像打摆子的瘟鸡。这些城里来的知识人，还真能吃苦呢，虽然抖，第二天一爬起来，又有了精神，又抖擞着活了，而且他们还啥病都不生呢，我却因受了风寒发起高烧来，浑身滚烫发热，还咳嗽。小杜小谭他们给了我几颗药吃，老麻还给我熬了些姜汤。我时冷时热地躺了一天，天一放亮，祝队长就进了我们棚子说："你们得挑粮食去了哦。"

挑粮食就意味着又要挑石头下山，听到这话，我骨头都软了，我看见九财叔的脸也阴沉了下来。可那是跑不脱的，堆在帐篷里的那些石头，迟早得要我们把它们挑下山去。我就说，那就走吧。我往箩筐里装着石头，杨工和龙工记着数，记着，然后将记了的纸装入一个信封，封上口，让我们带着一起送下山去。

我们正准备要走的时候，小谭突然说要跟我们一起出山，他说他请了个假。是不是又要给他上学的妹子寄钱呢？当时不知道，走到半道上，他才说是想下山去打个电话，问他母亲的病怎样了。小谭穿着一双旧旅游鞋，披着油布（又防下雨又可垫着睡），背着旅行包。他说他母亲得了绝症，做了手术，家里欠了许多债。他说他早就不想在祝队长这儿干了，才两千块钱一个月，他早联系好了深圳那边，一去就是八千的月薪。可祝队长留他，说不能缺少他，他是看祝队长的面子才留在他身边的，祝队长对他有知遇之恩。当他说深圳有八千块钱的月薪，着实让我有点吃惊，我们那儿也有人去深圳打工的，不就几百块钱一个月吗？来去的车费一除，也就跟在宜昌打工差不多。我说起这，小谭就说：这就是知识值钱。他说他们那儿也是穷山沟，他家有五姊妹。他是他们乡第一个大学生。他说他上大学的那天，全村的男女老少都来送他，一直把他送了十几里地，还放起了鞭炮，就像过年似的。他问九财叔几个孩子，九财叔说三个女娃，老婆死了，还有个八十多岁的老母。他问我为何没读高中，我说没钱嘛。他说他母亲之所以得绝症，是因为卖血给他读书，他说他还有个姐姐，成绩很好，为了他，就辍学去打工了。九财叔在后面暗暗地对我说，别听他说得可可怜怜的，他是防我们呢。我不解，九财叔就说：很明显么，我们两个，他一个。可是我不信，回来的时候我见他眼睛红红的，看来电话是打通了，他说他母亲不行了，他抽着鼻子，说等这次踏勘完了就回家去，还不知能不能见上母亲一面。

好在来回都没有再碰到野猪，多了个人，胆也大些。我因为感冒，四肢无力，回来时挑着挑着就实在挑不动了。我挑着两袋共八十斤面粉，一袋五十斤的米，加上蔬菜、肉鱼，足有两百斤。小谭说："看你这瘦小的个子还真能挑啊。"我说哪是能挑，还不是为了一天十块钱。你们是知识值钱啊，我们这儿也有个说法叫力大养一人，志大养千口，而我连力也不大，唉。我挑不动了，就让他们先走，反正有床被子，挑到哪儿睡到哪儿。九财叔说不行，你一个人，碰上野猪和其他野牲口了怎么办？我们出山的那天，在野猪坡的箭竹林里虽没遇见野猪，但看见过一头老熊，可能快冬眠了，躺在竹窝里没理我们。九财叔说："万一不行小谭你就先走，我跟他慢慢来，你反正知道的，跟祝队长说一声，小官他病没好，路上要耽搁一些。"小谭说："我倒也不怕，一个人走，我身上又没有钱，连手机都没有，就一块手表，还是电子表，十几块钱的。"这话是说给我们听的，意思是跟我们一样，穷鬼，让我们打消打劫他的念头，他已经暗示过无数次了。他说的也是实话，那么多人里，就他没手机，那些人都有手机，是他告诉我们的。他说手机是个寻常物，城里一人两三部也不稀奇，而且淘汰很快，年把就得换个新式样的。小谭说还是大家一起走吧，安全些。他把我箩筐里的那袋米背上，这样我就轻了许多。但腿还是软的，又加上咳嗽，人一咳，就气喘，气一喘，心就慌，心一慌，身子就飘，一步不稳，歪下了沟坎去。

这一跤人没摔坏，爬起来，面粉袋子摔破了一个，白花花的面粉撒了一地。我很害怕，说："小谭，你得给我作证啊。"九财叔把我从沟里拉起来，又去收拾面粉。小谭说："这不是你们的错，面粉就算了，树叶石子的，收起来也没法吃。"

好在有小谭作证，本来我又是带病，祝队长没扣我的工钱。可到营地我就倒下了，有种快死的感觉。八大脚我爹说人死就是一口气，一口气上不来，人就死了，就归他抬上山了。如果就一口气的有无来证明一个人的死活，那死就是很轻松的事。为什么有的人临死前疼得清喊辣叫？为什么有人死时流着不断线的泪水？我认为我那一次体验到了死亡，在那个垭口，三两里地外的营地在向我招手，可是我再也挑不动了。"你真的不能挑了吗？"小谭问我。我说我挪不动了。他说时间还长啊。意思是你这个样子，不能跟我们干到头啊。我一想，又怕他们赶我走，不要我了，我就咬了牙，不让担子歇下来，一歇下来，担子就成了座山。我走，那两个筐子就像有两个魔鬼一前一后使劲扳着你的扁担。筐脚还时常绊着石头或者树枝、葛藤，脚下又是沟坎又是悬崖，每当筐脚碰一下，手抓住的绳子就会拧圈儿，人就晃悠，就像无常鬼来拽你的命让你进地狱。脚下没有弹性，扁担就没有弹性，就会东磕西绊，这是挑担的人都知道的。看着破了的面粉口袋，祝队长一言不发。小谭真的就为我说话了，我终于等到了一个主持正义的人，他说小官病得不轻。我坐在地上，浑身汗泥，真的病得不轻了。祝队长挥挥手说："好吧，好吧，赶快吃药。"

祝队长没有扣罚我的工钱，这刺激了九财叔，他大着胆子去找祝队长说："能不能不扣我上次的二十块钱?"

"这次与上次无关。"祝队长说。

"可我这次什么也没撒呀!"

他在表功，他在把我做错的事与他作为对比。这让我十分恼怒，再怎么我们是一起来的，还是你的表侄，你这个表叔哪像个长辈?你的意思是不是说，该扣的要一起扣，一视同仁?他就是这个意思，九财叔。九财叔就这样让我看轻贱了他。

然而过了一天，又要我们下山。说是我们搭回的信上说，就这两天就有发电机了，是山上要的，要我们去挑上来。

祝队长催督我们，是因为头一天晚上那该死的怪光又出现了。我们的营地黑咕隆咚，那光白龇龇地出现，照过来，就像被坏人，被土匪团团围住似的，十来个人无路可逃了，末日来临了。

“大家拿上家伙!”

半夜就听见那边的帐篷里祝队长他们吼叫着。我们操起了开山斧——一般我们都是插在后腰的木叉子里的，山里的每个男人都这样，每天出门上山都要带上，可以砍葛藤荆棘树枝开路，可以对付野牲口，还可以对付歹人。我们拿着开山斧出去，老麻拿着一根棒子。就见一道白光从崖顶直射下来，令人睁不开眼睛。一声果断的枪响，那光倏忽消失了。祝队长提着枪，大家的电筒一起照着，手举刀棍跑过去，中弹的地方什么也没有，是一块石头，上面留着清晰的弹痕。姓王的王博士接过枪去，又朝林子深处开了一枪，大喊道:“有种的出来!”

“出来！出来！出来!”大家齐声喊。

没有东西出来。祝队长就说，赶快把发电机挑上来。

九财叔要提条件了。因为他有气，所以他提出了条件。他说要把那管双筒猎枪给我们带着，因为野猪坡野猪很厉害，人命关天。另外能不能少挑一点，下山后再叫两个挑夫来。没有一个条件能让那个古板的祝队长答应的。祝队长说枪不能带，队里只有一杆枪，要保护那些仪器，还有这多人。他说你们两个在山里钻惯了，多留个心眼没事的。九财叔说，那要是有个三长两短呢？祝队长火了，说，你们的开山斧是吃素的吗。可是，再要是碰上那群野猪，甭说是开山斧，就是枪也没用，野猪横了，一头猪顶三只虎两头熊。我和垂头丧气的九财叔就商量着怎么样躲过野猪坡，九财叔说反正这命要丢在马嘶岭了，回不去了。那怪光缠着我们不走，野猪又来撵我们，未必来这儿就是命？九财叔就对着山磕起了头，他拜了几拜，也没说话，站起来，从背后抽出开山斧，朝一棵红桦猛地砍去，哗啦啦，红桦上飞出了两只大鸟，哇哇地叫着消失在林子上空。我看见红桦淌出了乳白色的汁液。那大鸟凄厉的叫声萦绕在山冈上，久久在我们心上盘旋。

我们走了。九财叔好像攥着一把劲，匆匆走在前面。我心里好害怕，只得紧紧跟着。走了一气，九财叔在前面歇下来了，把扁担横在两筐上，坐在上面，敞着怀，吼着气。我们已经过了河谷，望不见营地了。九财叔说，见了野猪别跑，这还要我教吗。我点着头，九财叔又说，光是对他们来的，我算了算，我们熟，他们生，要害害他们，他们这么不讲道理，还是读书人，种田搓泥巴的就不是人吗？我也替九财叔说话，我说他们是要不得，我们命都快丢了，他们还扣二十块钱。九财叔恶狠狠地说："有独眼鬼干脆把他们都吃掉！不讲理！"在枯死的箭竹林里，光秃秃的风发出翻来覆去的沙沙声，好像也在恶咒，好像有无数的野牲口和野鬼来了，被九财叔召唤来了。"来一个敲他们一个！来一个敲他们一个！"我听他说。他一定是很恨了。忽然，我听见"哗"的一声，抬起头一看，九财叔把一箩筐石头全倒出来了。

“九财叔，你这是干什么!”

“嘿嘿，”九财叔干笑了，九财叔踢了箩筐一脚，那颗快蹦出来的眼珠子对着我，“我找狗头金。”

他好可怕，我跑过去，站在他的前面。他真的在石头里扒拉着。

我赶快给他把石头往箩筐里装。他说：“你不要怕，你何必这么怕他们。”我说：“我不是怕，我怕哪个，我是想平平安安回去，弄完了我们好回去，我去伺候月子。”九财叔说：“二十块钱哪，你晓得，二十块钱!”他仰天长叹，我看见他那只不能闭合的眼里流出了浑浊的泪水。我的心里也沉重起来，我知道这二十块钱对他来说是个大数字；我知道他家徒四壁，三个女娃挤一床棉被，那棉被渔网似的；我知道他常年种洋芋刨洋芋用一张板锄一张挖锄，第三张锄是没有的；我知道他家房里作牛栏，牛栏破了没瓦盖，另外也怕人把他家的牛偷走了，这可是他家最值钱的家当；我知道有一年他胸口烂了一个大洞，没钱去镇上买药，就让它这么烂，每天流出一碗脓水；我知道去年村长找他讨要拖欠的两块钱的特产税，他确实没有，村长急了，铲了自己一嘴巴，说：“我他妈这么贱让人磨，我给你付了。”二十块钱对祝队长他们来说也许什么也不值，可对于九财叔来说，那可是十年的特产税啊。

菩萨保佑，这一趟出山还顺。我已经不屙血了，肩膀和脚上的血痂也慢慢好了。这次回来时我们挑着小发电机，汽油，小心翼翼地蹚河爬垭，翻山越岭。我们大多走兽道；兽道是野牲口们走的，野牲口爱走熟路，走多了，就有一条道。回到马嘶岭之后，晚上发电机一响，电灯亮了，营地有了从未有过的生机。

整个马嘶岭好像也有了生机，天气彻底地晴朗了，灌木丛和森林红艳艳地拥挤在一起，远处的山脊从红绿相间中跳出来，惨白惨白，像涂了一层石灰似的。一切都显得那么幽深，壮丽，清晰，懒散，而更远的群山如黛，连绵不绝，像一些晾在阳光下的绿绸子，环绕着我们。河谷里的流水也越来越明亮，越来越光滑，细得像一根绳子。

不过这次回来后，有好几次，我就发现九财叔站在祝队长的身后，也不说话，也不动。他也站在我身后过，不动，把我吓一跳。他是不是想说那二十块钱的事？不得而知。祝队长爱坐下来抽一支烟，眯着眼望群山。祝队长似乎知道九财叔站在他身后，有时慢慢转过头来，看九财叔一眼，表情平静，这时候，九财叔就会走开。祝队长有时候也摆弄他的手机，按去按来的，因为这里没有信号，不知他摆弄什么。老麻说，上次那两个人给祝队长又带上来一个手机。他伸出三个手指，表示有三个手机，“啧啧”了几下，说：“有五十多个电话找祝队长，可找不到他，都是要他下山去。他说他不理会这些，在春节之前把这次踏勘搞完了再说。”老麻说，我们可能还得待一两个月。我愕然了，说：“那我媳妇就要生了。”老麻说：“多一个月是一个月的工钱啊。”

老麻显然心安理得，可能为多待一些时日暗暗叫好。这老麻顶多是跟别人整零席的红案师傅，平时也没啥人找他，在这儿吃了喝了还拿工钱，又不挑又不扛，又不早出晚归又不吹风淋雨，他当然喜欢了。

好像要下雪的样子。这天半夜果然下起了雪子儿，然后就是雨，这场雨来势可凶猛，雨夹雪霰，打得我们的塑料布顶像要穿洞了一样，正迷糊间，雨水漫进了我们帐篷。我是做梦梦见掉进了村里的那口深潭，腆着个大肚子的水香硬是不来救我，她就站在潭上面。我冷啊，醒来一看，我们已经泡在水里了。外面已经闹哄哄一片。

“快转移！快转移！”

许多电筒的光柱在那儿横来扫去。我们出去一看，崖上的雨水就像瀑布一样朝我们泻来，非常急遽。我们按指挥把东西挑往一个不远的小山洞，先到洞口的杨工和龙工说刚才洞里出来了一头野兽，但我们没有看见。他们说像羊，进去后里面果然有一些野牲口的粪便，根据我的经验，好像是灵鬃羊，个头挺大的那种。洞里本来就有水流出来，现在更大了，我们把他们认为贵重的东西搬进去。搬完东西，就生火烤衣裳。可烟雾出不去，熏得大家都受不住，特别是九财叔，那只不能关闭的眼睛里就哗哗地淌泪，他后来干脆就出洞去了。他披着雨布，坐在洞口，那只眼睛亮晶晶地看着远处我们被淹的营地。我们就睡在门口，其实是坐，裹着湿漉漉的被子，坐等天亮。

天亮后又因柴火全湿了，没有吃的，他们给了我们一人一块压缩饼干。九财叔说："这石头一样难啃啊。"老麻说："他们有凤尾鱼。"我已经看见了，是一种铁盒罐头。我们闻见了鱼香。

中午太阳出来了，我们抱被子翻晒，拉垫絮的时候，从絮里抖出一个红红的东西，我一看，是个女人的发卡。这是小杜的，小杜夹在前额上的，是其中的一个。小杜有两个，那两天我看见她只夹了一个，原来这一个到我们絮底下来了！那东西抖落出来后，九财叔就飞快地抢了过去，对我说："你小子别管。"他藏进了内衣口袋，把个破毛衣领拉得大大的，往胸里头塞。他露出宽大的烟牙，嘴巴就不由自主地缩到了耳根，耳朵也突然变得很紧了，那只可怜的右眼珠好像要跳出来，变成一颗落地的秋板栗，会发出"叭"的一声。这使我不再敢惊讶，装着没事的样子，继续晒着被子。不管怎么说，小杜的红发卡都是很漂亮的。小杜长得不漂亮，但不知怎么，夹上那两个红发卡在右前额的头发上后，就显得好洋气，头发还是黄的，染了的，黄发加红发卡，跟咱们山里人夹发卡又不一样，夹在不该夹的地方。

我明白九财叔是在暗中弥补他的那二十块钱。他要把它补回来。吃饭的时候他死胀，一碗一碗添。人家要四个馍他要五个六个。“我能吃，怎么的?”他说。若在家里，顶多一碗洋芋就解决了肚子，他是个铁骨膘，瘦，肚子并不大。他吃得直翻白眼，嗳气，打嗝，我都看不下去了。踏勘队的人已经看出了他是在闹情绪，他故意夸张地吃饭，是在与祝队长作对，是在表示他的抗议和愤怒。

就在我们遭水劫没几天，好消息传来了，祝队长他们在那剥夷面的西南，发现了一个厚度达三十多米，斜深达千米的富金矿，说还伴生有黄铁矿、铜、锌、铅等多种矿物。这是初步证实的结果。祝队长说，最保守估计，以后一年可以给县里带来几百万的财政收入。那天营地真的是一片欢呼。姓王的博士在回来之前还用红油漆在那儿的石壁上写下了“我来也”三个大字。祝队长余兴未尽地用望远镜望着河谷对面，望着小王写过字的地方，说：“证明我当时的推测没错。”我记住了他们那天所说的“斜卧矿柱”。我没有望远镜从远处看他们的发现，河谷总是雾霭濛濛。我在想象这个斜卧矿柱的巨大，它哪一天站起来，像一个有生命的东西站起来，站得比马嘶岭还高，浑身是金黄色，金灿灿的，该是一种什么气魄啊。

“关你鸡巴事!”九财叔对我说。他拍了我一下肩。他在我的傻傻的表情上看出了高兴——分享着踏勘队的喜悦。他忌恨地说:“咱们后山的磷矿也说是国家的,给谁包了?给乡长的一个朋友包了,金子再多,会多给你二十块?!”

我说:“这总归是好事呀。”

老麻说:“老官的气还没顺。我说,矿是肯定给人包的,但承包款和税收是每年得给当地政府交的啊,祝队长说的财政收入,是指这个。”

九财叔讽刺他说:“你是乡长的口气咧。”

老麻说:“有一说一嘛。”

我说:“我不管金矿银矿,他们早点结束了,我们就可以早点滚蛋了。”

我想的是这个,我真的想这个,想回家,想水香,想她那么沉甸甸的肚子。我只想水香生娃子时我在她身边,我拿了踏勘队的工钱,我就去县城给水香买一对那样的红发卡,穿了洞的小树叶一样的,也夹在水香右额的头发上,怪好的,怪经看的。黄连垭的人都不知道这种夹法,也没有这么漂亮的发卡。九财叔的三个妮子虽然长得还不错,可一个发卡,看他给谁夹。我们水香脸型好,眼睛、嘴巴都比小杜好看,皮肤也比小杜好,又不戴眼镜,怎么看都舒服。别看山里人,山里人喝的水好,人就是灵性。小杜的胸奶也不大,我看比野柿子大不了多少。早上不吃，大家笑她减肥。这么不肉气的妮子为什么还要减肥呢？城里人真搞不懂，蛮好笑的。我突然想到我买了红发卡还要给水香买一条红牛仔裤的，就像小杜身上的那条。可我想了想县城我见过的衣摊，似乎没有红牛仔，只怕是要到武汉城去买。红牛仔裤真是很亮，贴身贴肉，裹得屁股大腿怎么看怎么舒服。我真的有愧于水香，什么都没能给她买过，她跟上我了，吃没吃什么，穿没穿什么，在家里地里忙这忙那，去了集上，买这不敢，买那没钱。几个小票子捏出水来了，回来时，还捏着，还是没用，还对我说："不要买，街上尽宰人，哪儿都贵!"

踏勘队遭了水劫后，许多图纸淋湿了，丢失了不少数据，祝队长为此闷闷不乐，说时间又耽误了，要加紧补数据。他的情绪影响了踏勘队。踏勘队的人都木着脸干自己的事，一点儿笑声都没有。那一天他们去补数据，我们就在姓王的博士的指挥下，在营地加固帐篷，主要是把帐篷四周的土堆堆高夯实，以防崖上的雨水再下浸。小王不让我们进他们的帐篷，这没什么。他守在帐篷的门口，看着我们挖土，挑土，培土。那天天气尚可，雾渐渐开了，他就搬出一个仪器来，许是没事，就摆弄那玩意儿，朝河谷和河谷对面看着。这小子一定是在观察祝队长他们。远处的森林浓如烟霞，依山势的爬高而呈现出陡峭的层次，树干白得耀眼，山壁黄得瘆人，天空云彩斑驳。我们的一双肉眼看到的就是如此。不知怎么，九财叔被那个仪器引诱了，他想看看让王博士入迷的东西究竟是什么。于是趁姓王的去山崖边解溲时，跑过去瞄了那仪器一眼。估计他还没看清楚仪器里面的东西，身后就传来了排山倒海的一声怒吼：“干什么!”

又说：“这个值几十万!”

九财叔腿一软，当时脸都白了，人吓人，吓掉魂，有这句老话。九财叔就赶忙跑到一边去了。几十万哪，九财叔还真没把它碰倒，碰坏了，他拿什么赔?

九财叔躲到了一边去挖土，锹怎么也插不进去，没力了，整个身子都软了。一种深深的委屈和愤恨从他的那只眼里射出来，像刀子一样，让人心尖发寒。到了晚上，他开始发烧，躺在床上，身了发着抖，还四肢抽筋，发出喊叫，像被鬼掐了喉咙一样。

他说：“快去给我收魂。治安，快去喊我的魂回来!”他从头上扯了一把头发下来，让我用一张树叶包好，烧了，放进他装水的碗里，喝了，用一块石头刮着空碗。他把碗交给我，说：“你就这么刮着到外面去，喊我的名字，要我回来。”他指示我往黑夜的深处走去，越远越好。我走着，喊着：“官九财，回来啊，回来啊，官九财。”我在向深邃无边的黑暗走去，到处都是鬼魂，昏暗的星星，恐怖的森林，陌生的荒野，还有一些绿荧荧的野兽的眼睛……我喊着，浑身寒毛倒竖，鸡皮疙瘩鹊起，我看见了在森林里游荡的九财叔向我走来了，有一群高矮不一的野鬼簇拥着他，有两个鬼拿着钩子，两个鬼拿着刀戟，寒光闪闪，好不骇人！黑无常头戴“天下太平”的帽子，手拿绳索；白无常头戴“一见生财”的帽子，撑着破伞；夜叉豹眼，猪腿，手拿催魂鞭；贵神长舌，鹰爪，腰扎障眼巾……我的魂好像也要同他们汇合了，我喊着，又不敢大声，我跟着大神小鬼送九财叔的魂回棚，我刮着碗，吱啦吱啦，吱啦吱啦……后来我丢下了碗，发疯一般朝棚子里狂跑，大叫一声，与老麻撞了个满怀，顿时委地瘫痪了。

唤魂的事让老麻说出去了。祝队长气急败坏，说：“好啊，你们在这儿装神弄鬼，这还得了，这是什么地方？这不是你们的村子!”他拿我们没有办法，他那些东西要挑，他只能发发气。奇怪的是，九财叔的烧不吃药就慢慢退了，这作何解释，这是啥原因？

这以后，九财叔又盯上了王博士，只要姓王的背对着他，他就会不顾一切地站到姓王的后头，就那么站着，跟站在祝队长身后一样，等姓王的回过头，他又什么事都没有的赶快走开。有一天，在踏勘休息时我看见姓王的拿着一个钱夹子大声追着九财叔质问：“你看什么嘛？你看什么嘛？”王博士并不知道他吓掉了九财叔的魂，只当是他爱看个稀奇。祝队长就说："这老官，有病。"王博士晃动着他那个钱夹，意思是没什么钱，钱夹里夹有一张照片，与一个女的合影，两个人戴着那种方帽子，从上面还坠下黄璎珞。听他们说那就是他的老婆。不过我心里清楚，九财叔不是想看稀奇或者好奇才站到他后面的，那是九财叔一种无声的示威。他恨，执拗的、单刀直入的愤恨。一个不能表达，无从表达，不敢表达的人，很快就将一般的成见变成了仇恨。这太正常了，可是，也许祝队长和王博士未有察觉，这非常危险。为什么不让他表达出来呢？可怜的九财叔，沉默的九财叔。他这以后真的就像掉了魂似的，躲在一处抽烟，发呆，丢三落四，爱理不理，眼神恍惚。

我的印象也被搞坏了。我给九财叔唤了魂的，装神弄鬼也有我一份。我发现小杜都懒得理我了，他们瞧不起我们。那天晚上，当我把书去还给小杜时，经过他们的床铺，他们问我干什么，有什么事，我说给小杜还书，他们要我丢在那儿，可我又想再借一本，我就说我亲手交给她。我就进去了，我感到他们的目光像针扎在我的背上，让我变成了一个刺猬。那些目光是审视的，冷漠的，也是不屑一顾的。我那天知道不该闯入他们的帐篷，但我那天实在好想再弄点东西看看，特别是关于"斜卧矿柱"的内容，书上肯定是会有的。我进去后看到洋芋果小杜在一个本子上记着什么，已经偎在她的睡袋里了。她见了我，像被火烫了的一样往里缩，慌乱地“哦”了一声。我说我是来给你还书的。我再没敢说什么，便飞快地出来了。前面的火塘边，祝队长他们正在分烟说着话儿，看了我，也像看一个怪物。我本来想好了，出他们帐篷时有一句客套话“你们歇吧”说的，可出来根本轮不到我说，因为我不存在，我是个很让人小瞧的乡里人。

外面一片漆黑，马嘶岭上荒凉的夜嘶声像老妇人的呜咽，像受难的马在马槽里惨叫着。那天我真希望神奇的怪光出现，照着我，我就要向它走去，告诉它这里的一切，向它讲我心里的话。我什么也不会怕的，我在心里喊：“光，光，你怎么还不来啊!”那像利剑一样的骇人的光，刹那间照彻了这深广黑暗的光，刺中了什么，还真是一种惊异呢。我真希望这儿多出现点怪事，冲冲这里的压抑，冲冲人心里黏稠的东西，让人振奋得发一下抖！我走进我们那塑料布吹得呼呼乱响的棚子，摸黑钻进被子，听见九财叔磨牙的声音多么响亮，就像在磨一把斧头!

其实，我知道踏勘队的他们是对着九财叔来的。他们对九财叔有些警惕，他们就把我们一起防了。这些都让老麻无意中说出来了。有一天老麻弄了几个套子，套了一只经常出没在坡上的麂子，弄了一锅热气腾腾的麂子肉汤，结果祝队长不但不领情，还硬要把老麻赶走，说是“两个山字一垛，请出”。老麻好心办了坏事，祝队长从不吃野味的。老麻背着行李卷就只好走了。但是踏勘队其他人替老麻求情，因为做这么多人的饭是件大事，炊事员一走，工作就乱了。于是劝好了祝队长便去追赶老麻，把老麻从路上截了回来。老麻好像知道他们会来截他，在山道上紧走慢走哼着歌儿，见他们赶来，故意说，缺了我这个烂萝卜，还整不出酒席来，再请个好厨师，比如说老官，可以给你们做饭蒸馍呀。姓王的博士就说，你就别假客套了，你明知道我们不放心那个老官。

老麻重返营地拿起锅铲的那个晚上，在棚子里他对我们说：“读书人认死理，犯牛倔。我在镇委会给镇长他们做饭，点着要吃野味，县里的干部下乡来了，也是说：老麻，今天吃啥呀，有没有鲜一点的炉子（火锅）？你看人家！山上的野牲口，不是吃的是干什么的？我们镇长最有能耐，为了把家鸡混成野鸡，他可以把鸡脖子抻到一尺多长，乍一看，就像野鸡了。上头来的人也不知道，放了一把花椒，以为就是野鸡，就说：还是野鸡鲜。我们镇长真是个天才。”老麻给我吹嘘说：“我说不回来了，他们几个人拉脱我的袖子。我说，衣裳拉坏了是有价的，他们就说，拉坏一件赔你两件。嗬咳！不是我说，你叔走，他们还巴不得呢。”

老麻得意了好几天，把姓王的说的话全透给了我。他还唱歌：“远望姐儿穿身白，擦身过去不认得，鹞子翻身掐一把，桃红脸儿变了色，如今的姐儿挨不得。”他唱起歌来，棚边的几棵拍手树就一阵乱响，像喝倒彩。他剁着砧板边剁边唱，我的心却乱了。我不能把那些话告诉九财叔，告诉了就会乱套，说不定九财叔会做出什么出格的事来。我只好也恨起了田螺头王博士来，九财叔他做了什么呢，不是你吓他，他会站在你后头？每天给你们担着担子，这么辛苦这么可怜，你们还提防着我们，发烧了叫个魂还不是没药吃，又没碍你们什么事。这老麻就他妈话多，你得意个什么呢？我要是告诉了九财叔，你那颗黄姜鼻子只怕要搬家。

九财叔不是不知道，其实九财叔是个非常有心的人，他肯定感觉到了，他在想着怎么扭转这个局势。

短暂的秋天就像一片浮云欸乃而过，马嘶岭白天的风跟夜里的风一样不分伯仲，凌厉凶猛了，落叶像波浪一样翻滚在山坡上，整个山岭笼罩在死灰色的烟幕中，密匝匝，枯蔫蔫的箭竹丛在北风的打压下发出荒凉如梦魇的声音，与河谷呼啸的风声一起遥遥呼应着，天空，山冈，森林都在哆嗦。而我们的营地好像要被彻底掀翻了，要掀下河谷去，落到乱石累累的地方，摔得粉身碎骨。

踏勘队的两支队伍合了起来，变天后他们主要圈定矿体的边界线，还要什么圈定“矿化富集地和蚀变带”。早晨起来，冒着风出去，走得很远很远。

好像要下雪的样子了，早晨起来，有厚厚的霜，到处一片白。雪没有下时，大雨呼呼地来了，来了还不走，还很绵很赖的，圈定的活儿圈不了啦。

大雨不急不躁，从河谷里腾起的浓雾霎时弥漫了山岭，所有的植物都在雨水中无奈地蔫耷着，高的，矮的，粗的，细的。森林一片昏暗，千万年的山崖和天空死气沉沉。两天之后，河谷的水满了，河道消失了，狂乱的水流在巨石间粗野地激荡着，把河岸推向角落，山与山之间的联系湮没在一片啸声中，远远地制造着深沉的恐怖。

在风雨的摇撼中踏勘队龟缩了三天，大家坐在火堆前不停地抽烟，去外面看雨势和水势。但情况如故。

接下来的就是，没有粮食了。没有菜了。要断顿了。

九财叔不等祝队长他们安排，就说要下山挑粮食去。

他们也不是傻瓜，这一河的滚滚河水，插翅也难飞过。祝队长看着九财叔，像不认识似的，说，你怎么过去？九财叔就说是到四川那边去买米。“那，谁陪你们一起去呢？”九财叔说不要谁陪，他跟我俩去。祝队长说：“把钱给你你去买？”九财叔说，是啊，我们买，我们挑不我们买？但是祝队长扬起的眉宇间有无数个问号。九财叔根本不知道祝队长不想把钱交给他，九财叔还以为他们会笑眯眯地送我们上路的呢，九财叔肯定在想他筹粮的高招，以为他们会感谢他，改变对他的看法。可是祝队长就是不同意，说不行。他一定是以为我们要偷懒，少挑一趟石头下山。但到四川虽然远点，可以不过河谷，马上弄到粮，路上还可以收一些老乡家的腊肉与鸡。这确是一个好点子，老麻破天荒地与九财叔站在了一起，但就是祝队长不松口。他说他想办法送我们过河谷。

那就过吧，看他们怎么让我们过。他们还是要我们带点钱下去，帮他们买香烟之类的东西。在祝队长进去拿钱的时候，九财叔突然出现在祝队长面前！九财叔看见了祝队长长期捆在腰间的一个大腰包，那里面的三部手机和四五千块钱全暴露在九财叔的眼皮子底下，那是踏勘队的所有经费。过了几天九财叔就把他看到的告诉我了。当时祝队长想掩藏已来不及了，他把钱退回腰包，可由于慌乱，怎么也塞不进去。他朝九财叔说："我没叫你，你进来干什么?"喝退了九财叔，祝队长又在帐篷里弄了半天，出来时他拿出来的不是钱，而是一封信。他把信裹了几层，用塑料纸包好了，对九财叔说："交给下面，他们会买齐的，买齐了你们带回。"他又说，"快去快回，别把大伙饿死了。"

他们有雨靴，我们没有。九财叔的力士鞋还破了后跟，他用一根布条把鞋捆好，这样的鞋一上路就会湿透，这么寒冷的天气我们要穿两天的水鞋。好在，他们给了我们一个电筒，一个换过电池的三节电筒。他们几乎倾巢出动了，说是能把我们送过河谷，我和九财叔都知道，这是枉然，我们是当地人，我们还不知道这样的河谷在连阴大雨中是一个什么情况吗？到了河边，那真是望河兴叹了。溯河而上，他们也绝望了，就开始砍树，他们说要临时搭成一个“桥”。树放下了，树扑倒在河里，眨眼间就无影无踪，被湍急的河水卷走了。接着他们又砍了一棵更长的树，又放倒河中，但是树一头扎进水中，离对岸还有好远。就算搭上了，谁敢往这样的“桥”上挑担过去？谁不要命了？

折腾了一整天，晚上一个个浑身泥水地回了营地，他们中的有些人就开始倒向九财叔了，可祝队长还是不表态。小谭自告奋勇地说：“我陪他们一起去四川。”祝队长摇头不同意，就发动大家一起上山去挖野葱，采野菜，野果。吃了两天野菜，大家意见大了，逼着祝队长来跟我们说：“去四川吧。”

我们便怀揣着他们给的三百块钱，踏着采药人隐约走过的路，像两头野牲口没入了雨雾茫茫的无边荒岭。

又是一趟生死路。

那一天我们遇到了许多可怕的事儿，我们走进一个峡谷时，在一个凹进去的石崖边，遇到了一群躲雨的鬣羚，怕有百十只。鬣羚胆小，见了我们，就开始逃跑，只有一条窄窄的崖路，那些鬣羚朝我们跑来，我们贴着石壁给它们让路，九财叔那件破烂的棉衣还是给一只羱羚角挂住了。我看见九财叔一下子飞了起来，箩筐也飞了起来，好在九财叔那衣服不经拉，“刺啦”撕了个大口子，重重地摔在了地上，后面的羱羚从他身上跃过去，竟没伤着皮肉。九财叔叹他命大，骂着要捎下羱羚的角来，“那倒是一味不错的中药呢。”他说。

我们想走进一个山洞中休息，生点火烤干衣服，黑黢黢的山洞里扑棱棱飞出了一大窝秃头老鹰。进得洞去，一股腥气，也没在意。生了火后，又有老鹰窥伺在洞口想往里钻，我们烤着衣服，火越烧越旺，九财叔突然指着我身后说：“那……那是个什么?”我回过头去，妈也，一副骨头架子朝我们走来!

我们爬起来挑上箩筐就跑，跑出山洞，跑了两里开外，跑得天有些开了，峡谷矮了，才停下来。

“那真是鬼吗?”我问九财叔。

九财叔到底比我有山中经验，说：“那不是鬼，是一副被鹰啄净了的骨头架子。”

九财叔说，不是冻饿死的就是被人害了。他说，鹰子吃腐物。山里头什么事都会发生，没事谁愿意到山里头来呀。我就问到四川还有多远，九财叔说他也不知道。我说：“九财叔，那三百块钱，你给我一百五十块了我回去吧。”九财叔听了痛骂我：“命都快赔了你就值这一百五?!桩桩件件的，你就值一百五?!你这没出息的，这点钱打瞎你的眼睛!”我说：“那总比被老鹰啄吃了强些。”九财叔就说：“我要走，我给他抢完了走。”我说你抢哪个？他说我总不能就这么走。他就溜出了那话：“光一百元的就有这么一扎。”他用指头示意。他说出了祝队长腰包的秘密。他说：“你不想把它抢过来？为什么他们那么有钱，而我们啥都没有。”我说咱是农民，人家是大学搞研究的，不能比。九财叔却说：“咱受的苦比他们多，都是一样的人，不该这样啊。”我直笑九财叔愚笨，认死理。我知道他不懂，他没想过来。我说，人家的钱与我没有关系，我只想回家，水香要生了。九财叔说，抢，我们抢他个精光。你未必不要钱吗？我说我要钱，我咋不要钱？他说那就抢。我说抢不来的，他们人多。他忽然说他想了个好法子，看那边有没有老鼠药，把他们毒了抢。我说这是犯法的，抓到了咋办？他说你胆子咋这么小，麻雀胆也比你大呀。这里神不知鬼不觉的，这次不干以后就没机会干了。你还到哪儿碰到这么有钱的？他还说那个值几十万的家伙，有好几个，不得了。其实那个家伙，王博士说的值几十万的那仪器，就值两三万块钱，是王博士吓唬我们的，唬我们这些乡下人的，如今进了监狱，我才知道。当时因为恨吧，在路上没事，就胡乱商量着怎么抢，我说还是不要抢的好，偷，偷了就走。九财叔说：“你能飞走？他们一赶来，咱们就被抓住了。”他说我想好了，就这么做。我说没有老鼠药呢？他就不吭声了。过了一会儿，他回过头举起开山斧对我说："一不做二不休，杀，杀了抢。要得你安逸，就不得他安逸。"九财叔想横了，想窄了。我只是觉得他是开玩笑的，心里恨，才这么说，图个嘴巴快活。

不过那些钱确实让我有些兴奋，九财叔认真的撩拨让我在这荒岭寒雨中有些走神。二十块钱的不满已经演变成了抢劫更多钱财的企图，不，是决心。我感觉到我将要与这个九财叔大弄一笔了，可这是冒险，如果真能做得万无一失也未尝不可以干干。听有打工回来的说，外头这年头都是撑死胆大的饿死胆小的。抢的，偷的，骗的，拐的，杀人的，海了，有几个抓住了？又一想，九财叔，哼，你胆大，你这个熊样子，你也什么都敢？我不信。在他动手的那一刻，我都没法相信他是那种敢出手杀人的人。

九财叔与我走在寒雨霖霖的山岭上，挑着湿漉漉的空箩筐。九财叔的湿球鞋不知轻重地一走一咕，一走一咕，他脚上的肉已经裂口了，从里面流出鲜血；胡子拉碴的，鼻子里喷出的团团热气变成水珠子，挂在他花白的胡茬上，那只不能关闭的阴冷的眼睛向远处看着，好像多有不甘似的，有一种念头燃烧在他眼睛深处。我好像重新认识了一个人，这个人不是那个死了老婆、家庭负担蛮重、蔫不拉叽、又脏又烂的九财叔，不是的，是另一个。大前年，九财叔老婆只感腹疼，一阵抽搐，还没等到抬去医院，就半道上死了。死了女人的家里还有什么好呢，三个妮子整天在那儿哭着，他八十多岁的老母亲还得给他们烧饭和喂猪呢。三个妮子是被他打着去山上放羊的，后来又打着她们去山里采药，去山里割猪草，去地里刨洋芋种苞谷。就这样，三个妮子越长越像人了，老婆坟上的草也越长越高了。九财叔就不爱理人了，瞪着眼看山，坐在地头打盹儿。后来他家里就放进了牛，牛就在房屋中拉屎，屋里就飘出了畜便的气味，被子越来越薄成了渔网，一直到两块钱的特产税也交不起了，让村长大骂他的祖宗十八代。家里并不因此就没了热闹，三个小妮子突然间脾气暴躁起来，只要九财叔不在家就大打出手，为一点小事都打得鸡飞狗跳，捅妈捣娘的，抓头发，蹬裆，样样有。九财叔从地里回来，常常看到三姊妹的脸上大窝小坑，已无完肉。又没读书，又无娘调教，村里的人都在想，这三个妮子咋办啊，送一两个去学校也好呀，三个女人一台戏，这戏太早了点。可别这么说，她们打归打，长着长着一个个就水灵湫湫的了。家里的羊啊，猪啊，不比人家少，菜园里该长白菜的时候长白菜了，该长辣椒的时候长辣椒了，该生火做饭的时候屋上有烟了，该点灯的时候窗口有亮了。村人就说，如果这三个妮子脾气改一点，慢慢长人，九财叔的好日子就会来了。可惜的是，日子很慢，三个妮子还远没有到谈婚论嫁的年龄。因此，遭孽的还是九财叔，一个人扶犁，一个人还得背篓，一个人赶集担柴，一个人还得照秋收秋。脸也黄了，皮也松了，他多大的年纪呀，跟他同庚的八大脚我爹，见了都不敢喊他九财弟，恨不得喊叔。八大脚我爹对我说："九财，三个酒坛子是泥巴捏的，难出头啊。"

我们披着雨布坐在冰冷的石头上，九财叔说："腰酸。"他揉着两边的腰，我怀疑他是肾有问题了，他脸上浮肿，眼珠发黄。我扶着他找了个背风的石坎，想拾点柴生火，这个念头被吸一锅烟取代了。九财叔费劲地点燃烟锅，递过来要我吸。我就接过吸了几口，那种冲人的辣味差一点把我呛翻了。我咳嗽了一会，又犯起了迷糊，竟坐着睡着了。再醒来，天已经大亮，我浑身似乎都没了热气，脚已冰凉得失去了知觉，雾，雨，风，冷冷地包裹着我们。好在不一会我们闻见了柴烟，就知道有了人家。

我们见到的第一个人是个女人，后来也只见到她，没有其他人。这女人在家煮猪食，头脑不太清醒的样子，她回答我们这儿没有粮食和腊肉卖，她甚至说不出她是四川还是湖北的。我们只好再继续走，可是，没走多远，就听见前面的九财叔一声尖叫，接着响起了枪声，九财叔中了安放在大蕨丛中的垫枪。

那垫枪先从箩筐穿过，再擦过他的小腿肚。只见九财叔一个前仆，箩筐就丢了，倒在地上喊："我中枪了！我中枪了！"

血从九财叔的裤腿里流了出来，他抱着腿左顾右盼，我一时也愣在那里不知如何是好。我听见他呻吟，就去找枪，九财叔大喊道：“别动枪，别动那枪！”

他自己的手里抓了一绺破茎松萝，水淋淋的，他掸着水，慢慢捋起裤子，把松萝往流血的地方按。肯定很疼，按得他歪了嘴，眼珠子凸得更厉害，眼里全是浑浊不清的念头和绝望。雨还在下，雨挂在他凄凉焦黄的脸上。我扶他拖着腿坐到扑过来的箩筐上，坐在一棵大树的背后，他才说：“把那该死的垫枪给我取出来。”

我慢慢走进大蕨丛中，找到了绳子。我解开绳子，再找枪，是一杆只有铁管和木头枪托的很简单的土铳。这就是垫枪，它绑在一根树桩上，专杀游走的野牲口的。我把枪递到九财叔手上，九财叔没细看那枪，他的心里好像还平静，他从头上解开宽宽的帕子，去缠伤口，他小心翼翼地缠着伤口，血还是往外渗。我问他究竟怎么样，他摇摇头。

就在这时，我们的面前出现了一个男人，这个男人要死不活的，问我们是干什么的。口音是四川的。九财叔见了他眼睛就绿了，知道是他的垫枪，九财叔看样子要爆发了，要跟他拼命了。可他的腿又负了伤，还加上没睡，没吃，显然他在克制。他对那个男人说：“这里是四川吗？你的枪打着我了。”那人说：“你们是干什么的？”我给他说，我们是探矿队的，是从马嘶岭过来的，是来买粮食的。那人“噢”了一声，想走。九财叔喊住他："你卖点粮食给我们，我们用钱买。"他这么克制，是想用他的枪伤来换取那人卖给我们东西。那人想了片刻，就点头让我们跟他走。那人在前面走，走了一截，在前面转过头等我们，并不想帮我们一把。

到了他的家里，也就是遇见那个女人的家里，这男人就很热情了，他解开九财叔缠伤的帕子，用熊油给九财叔抹了伤口，又用干净的布给九财叔包扎，并吩咐他老婆给我们一人炒了一大碗香喷喷的洋芋。我们已经看见了他堂屋里堆着的一大堆洋芋，个儿很小，估计是剁了给猪吃的，但卖给我们就能解决问题。

我们吃了洋芋，烤干了衣裳，就被安排到他的牛栏屋的楼上，那上面堆着柔软干爽的苞谷衣壳子，还盖着他给我们的一床被子，美美地睡了一觉。就在我们睡觉的当儿，那个人给我们准备了一担洋芋，只准备了一担，因为九财叔有伤，他的箩筐就空着了；担子里还有他们种的一些水菜，如茄子和芫荽。芫荽不多，只有一把。我们醒来后见到那担洋芋，九财叔又问他有肉吗？他说真要的话他可以杀一头羊子给我们。我们说要，他就把一头山羊牵来了，一刀下去，羊就倒了，就剥皮，掏肚。把肚里的下水煮了一锅，让我跟九财叔吃了。九财叔看着那满满一担问他多少钱，要他说个价，他说，你们看着给吧。九财叔想了想，说八十块钱。那人说随便吧，就给了他八十块钱。九财叔又问有没有“三步倒”，那人说，你们要“三步倒”干什么？九财叔说山上老鼠太多。那人找了半天，出来说没有了，用完了。那人又给九财叔砍了根拐杖，问他碍不碍事？九财叔拄着拐杖走了几步，还行。交易完后我一直想提醒九财叔，让那人打个收条，但九财叔似乎不给我机会，我以为他会记着这事的，因为祝队长交代过，但这事好像让九财叔忘了个一干二净。

回程的路上，我就问这事，九财叔不置可否，含糊其辞。问急了，九财叔就说，到时我们作个证就行了。他对我说：“我们讲一百二十块。”我说：“为什么？”他说：“你二十我二十。”他就先把二十块钱给了我，要我拿上。他不打条子是想黑踏勘队的钱！我说这干不得吧。他说天知地知你知我知。他说：“老子把那二十块钱终于搞回来了。”九财叔的表情已经是一种很舒畅的表情，甚至把腿伤都忘了，虽然拄着拐杖，但走得比我还雄壮，他说他们难不倒我，他说你做初一我做十五，老子也不是好惹的。他在雨水和泥泞中瘸着腿兴奋地絮絮叨叨，带着凯旋的气势。二十块钱终于愈合了他心中那撕裂的巨壑般的伤口。九财叔骂那个人道：“他妈的，这球人，我还没找他付医药费呢。”他说：“他为什么要杀羊给我们，还不是理亏了，送给我补枪伤的。”他要我估这一担的价，我摇摇头，估不好，他说怎么估至少也得一百五吧。

我们在半路上意外地碰到了老麻和小谭，他们等不及了，说大伙都饿着。老麻说话很不利索，原来他一边接我们一边沿途采野蘑菇，为试蘑菇有没有毒，把舌头试麻了，毒蘑菇是麻舌头的。

回到营地，听说九财叔绊上了垫枪，都来看他。洋芋果小杜还来给他治了伤，擦了药，用白纱布包扎了。但是九财叔的伤红肿了，他们说这叫感染。九财叔吃了他们的药。晚上大家吃羊肉，吃洋芋，非常高兴。虽然没能吃上大米，但那些瘦小的洋芋果也是九财叔差一点用命换来的。看来他们对我们的印象就要好起来了，九财叔这只腿的血流得值。

但是事情总是莫名其妙地凑巧碰在一起。就在这天的晚上，发生了一桩意想不到的怪事。

我们回来后就雨如瓢泼，还响起了罕见的冬雷。我们正脱衣睡觉时，就听见王博士喊我们："你们都过来!"我和老麻披衣过去，不知道发生了什么事，他们的帐篷里没有光，熄灭了灯。有人打电筒，也被喝令关了，他们手上都攥着东西，有刀，有枪。等大家都安静下来，祝队长在黑暗中说：

"刚才听见了枪声。你们没听见吗?"

他问我们。我们就竖起耳朵来听。果然，有隐隐约约的枪声。后来枪声越来越大，好像在周围的山头，还能听见人的喊叫声，好像有一伙人!

“都听见了！我们怎么办?”姓王的博士说，声音有点颤。

接着又响起了一阵轰隆隆的冬雷声，还有风雨声，呜呜的，一阵一阵地扑向悬崖。加上河谷里澎湃愤怒、捶胸顿足的水声，还有那本已存在的马嘶声，尖声的、固执的马嘶声，现在全来了，在我们吃掉了一只羊后全来了。

“你们真是买的吗?”祝队长突然这时说出了这么一句。

我忙说：“是，是买来的。”

“带上重要的东西，赶快撤退!”祝队长端着枪说。

枪声东一阵，西一阵，是不是有人包围了我们呢？我们在密集的枪声里赶快带上东西，特别是仪器，他们包上重要的资料，往后山一条隐蔽的路而去，那儿通向一块高岩。上去有个一线天，易守难攻，一夫当关，万夫莫开。九财叔因枪伤和发烧，就留在了棚子里。我心里挺纳闷的，我们花钱买了东西，人家来找我们什么事啊，未必是打劫的？那时候我没时间想了，我给他们挑着东西，往上爬着。人没休息，又出怪事。来打劫就打劫吧，反正我们没啥。就在我们往上走时，枪声模糊起来。小谭说：“这只怕是个误会。”我听见小杜说，这可能是个自然现象。也许是杨工也许是龙工在黑暗中说：“马嘶岭没马，为何能听见马叫？我看都是风声作怪。”王博士说：“马嘶岭之所以叫马嘶岭，据当地的地方志说，是因为过去这山上有许多野马。”

争论不休时，祝队长一声吼说："都不许说话！"

我们选定了一线天的一个凹处，那儿背风，避雨。坐下来后，他们又忍不住继续说话了。有说是风声，有说是自然现象，说是一种什么磁铁矿现象，因为这一带过去打过不少仗，土匪火拼，官府剿杀，恰好打仗时遇打雷下雨，把那些枪声喊声全录进去了，以后一打雷下雨，这声音就出现了。他们争论我们无权插嘴。不过我心中支持这种说法，这等于是替我跟九财叔解脱，不然就会让祝队长怀疑我们，以为我们是偷了别人的东西，让人追赶来了。不相信我们的还有王博士，他对那种说法反唇相讥道："老官中了枪也是磁铁矿现象？"

哦，我明白了，枪声加上九财叔腿上的枪伤，这一串起来，我们就完蛋了！难怪难怪！我们成了嫌疑人，这一趟是黄泥巴掉到裤裆里，不是屎也是屎了。我好一阵绝望，这些人咋就不信我们？这些人还是有文化的人呀，咋就跟乡清算队的横子们一样蛮不讲理呢？事情就问到为什么没让对方写个收条。这事我们有愧，这事都是九财叔的鬼点子。我就只好说我不知道，是九财叔办的。这事我不能多讲，免得两人讲的对不上。我只是说羊子肯定是买的，我们要人家杀的，全部是一百二十块钱。

"我们可没有偷羊啊！"我喊道。

"或者，你们是不是跟山里的人说了这儿的事？说我们有钱，有物?”他们问，“你们暴露了我们。”

我对他们说：“我们什么也没说，我们只说我们是探矿队的，在马嘶岭探矿。”

“问题是，你们没有打收条。”他们说。再问收我们钱卖羊卖洋芋的那一家姓什么，我也回答不出，我们真没有问人家姓什么。在我们山里，吃过人家的饭不问人家姓名很正常。你走累了，一声大哥，一声大姐，就可以找人家借宿，吃饭，然后只记得“松树坡”“柏子岩”“赵家坪”这些地名，并不知这家姓甚名谁。

越问我越说不清，他们就越不信任我们。是偷的，抢的，哄骗来的，要追杀我们，老官已经负伤了，他是逃脱的，人家又追过来了……这些狐疑正在我们那里悄悄蔓延，我已经嗅到了那种气味。

我在恐惧中坐着，我希望出现一些有利于我们的结果。

下半夜还没有动静，他们要我去“侦察侦察”，我就下去了。我急急去棚子，九财叔躺在那里，发着高烧，眼睛瞪得贼圆贼圆，嘴里吐着火红的热气，脸颊像泼了一桶猪血。我给他额上溻了个冷毛巾，他醒过来恍恍惚惚地看着我，说：“红薯都收不回来了……”

“你说家里的红薯吗?”我问。

“地里的……”

他记挂着他地里的红薯，肯定想着这么大的雨他三个妮子怎么去挖红薯。他问我怎么人都不在了？我说你不知道？我问他听见枪声和喊声没有，他摇摇头。他烧昏了，他肯定没听见，他可能梦见了家里还未挖的红薯地。我弄醒了他，我说坏事了，你中了枪，周围又响起了枪声，没打收条的事他们又问得紧，是不是他们知道了那四十块钱的事？我心里很害怕，就把二十块钱掏了出来，塞到九财叔手里。九财叔不接，说："到哪儿知道去？你这成不了大事的，你就死咬着一百二！"

雷声似乎在很远的地方响着，枪声偃息了，秋雨无力地打在棚顶上。可是我忽然听见了天上有巨石滚动的声音，一阵阵向我砸来，这让我心惊肉跳！我惶顾四处，终于弄清了声音来自我自己的心跳，轰隆隆，轰隆隆，轰隆隆……

天亮了，雨住了，几只猕猴在树上发出了呼唤太阳的安静唳叫。东边，有一晃而过的朝霞，只有浅浅一线，但很爽眼。接着我又看到了一只漂亮的锦鸡在我们前面不远的坡地上跳舞。它亮出了它锦缎一样的通红的腹部，橙红的颈子，金色的冠毛，在晨雾中美艳至极，它亮开清亮的嗓子唱着："茶哥！茶哥！茶哥！"爽脆得就像一对铜镲。视野渐渐地开阔起来，我等着踏勘队的回来。没有事的，他们没有事，我们也没有事，没有什么来打劫他们的人，全是雨天的怪现象，这马嘶岭就是这样的奇怪，不过是虚惊一场，他们没有发现那四十块钱的事，发现不了的，一切随着白天和天晴的到来都会过去，他们要忙他们的去了，会把这一切忘了。我这么祈祷着，祝队长他们果然回来了。

整整一天都平安无事，阳光亮得人晕晕醉醉的，风也温暖柔和起来。睡了一天，那些人神清气爽了，呼朋唤友，要打牌了，要唱歌了。哪来的侵扰我们生活的劫匪和捉拿我跟九财叔的农民啊。没有！我真高兴。

平安无事了。他们吃着我们的洋芋，也无话了。

他们继续在周围圈定矿体边界线。

那天傍晚我们回到营地时，却没见炊烟袅袅，厨房冷火无声。这就奇怪了。大家紧张地走进营地，去厨房一看，翻了天，老麻和九财叔双双躺在各自的铺上，两人头破血流，老麻最可怕，嘴张着，却掉了几颗牙齿。

他们两个打架了。九财叔先动的手，他为什么要动手，他肯定有他的道理。是在替老麻择菜时，老麻伤了九财叔那易伤的自尊。老麻像个领导喊九财叔过去择菜，他是想埋汰九财叔几句，因为那些茄子是些收尾的茄子，又有筋又有虫眼。老麻说："老官哪，你碰见了鬼市吧？"九财叔眼就直了。老麻又说："这像是鬼市上买回来的菜。"他显然不满意这些菜。九财叔就没好气地回了一句："我买的羊肉呢，你切的时候是不是变成了人肉?”老麻一听就打寒噤，这营地没人，就他们两个，老麻可能因为害怕而觉得要在气势上压倒对方，便说：“老官你有什么资格凶啊，我说你碰见鬼市又不是我说出来的。”“那是谁说的?”九财叔当时就浑身乱颤得不能自持，他又问：“你说是谁说的?”他要问个所以然。他忽然就站起来揪住了老麻的衣领，唾着老麻的鼻子说：“我跟你说，你不要仗势欺人，你跟老子一样，出苦力的，你得乐个什么？这些东西是我拿命换来的，用命换的，你知道吗?!”他可能越想越气，一拐杖扫过去，老麻就倒了。老麻做垂死挣扎，抓到锅铲就铲九财叔的头，九财叔差一点脑袋搬家，一拐杖再横扫过去，打到了老麻的嘴。老麻哇的嚎了起来，他喊：“让省里的领导来判你的刑!”

他把踏勘队的说成是省里的领导。最后“省里的领导”祝队长他们决定扣老麻三天工资，让九财叔挑上箩筐回家。

这是打架后的第二天早上。九财叔听了那个决定，眼珠子就要掉出来了，他的嘴唇嗫嚅着，想说话，说不出，后来终于哭号起来：“为什么要我走？为什么要我走?!”

所有人都蒙了，看他哭。祝队长说，因为你打掉了人家的门牙，这儿不准打架，不是放牛场。因为是你先动的手，为了维护踏勘的正常秩序，经研究，只好让你下山了。可九财叔不走，只是哭，哭得鼻涕都流了下来，埋着头，用一双锉子般的手揩着涕泪。他不接工钱，不签字，坐在那儿，好不伤心。

这事就僵了，也没人再说什么。可老麻急，老麻肿着牙床和腮帮，眼巴巴地要等着九财叔走。他没有等到那个激动人心的时刻，他看见九财叔还在这里，赖着不走。他不服啊，不解气啊，就用猛烈的剁刀声表示着他的态度。等人散了，九财叔偶然抬起头来，看一眼厨房，眼里全是刀子！

“叔，你怎么办?”我问他。

他没回答我。嘴巴在动着。后来我听清了，他在说：“我给妮子筹几个学费……”

我听见了“学费”这两个字，我听得很清楚。他未必还想让三个妮子去读书？我后来突然想他真的会的，他多少天来都是这么想的，他一定会这么想的。就冲着那一个红发卡，冲着那些手机和钱，冲着小他一辈的人对他的吼叫，他迟早会下决心把孩子们送到学校去的。

“你是说，让她们去上学?”我问。

他点点头。

看来他们真的想要他走了，我也不想呆了，我更加思念我身怀六甲的水香，我拼命地想她。我就对九财叔说：“算了吧，要走我们一起走。”可九财叔摇着头，摇着头。

这样僵持着怎么办呢，九财叔竟挑起箩筐跟踏勘队一起外出了！并没有要他去，再说他的腿还没有痊愈，走路还有点瘸。小谭就出来说老官你不能做，你的腿挑不起。这样行不行？除了不少你工钱，还补助一百块钱，你走吧。这不少了。我想九财叔会同意的，可九财叔不表态，以沉默作答。这更坚定了他们要赶九财叔走的决心。我当时不知道，踏勘队一致认为九财叔是个危险人物，在这样的荒山野岭，必须要提高警惕。种种印象加迹象表明，九财叔对踏勘队有威胁，并非是个善良之辈，这一次斗殴就是一个证明，是一次暴露。

多难受啊，九财叔和大家。大家干着活，九财叔挑着空筐跟着他们。我把我挑的东西分给他挑，他感激地看着我。这一天非常难熬，非常漫长。

而老麻在营地整整一天都在盼着九财叔灰溜溜地回来，乖乖地卷起他的破铺盖滚蛋。老麻甚至用老虎钳子将九财叔的碗夹掉了一只角，并在那个缺碗里撒了一泡尿。老麻看着黄灿灿的尿液，咧着没齿的嘴黑洞洞地笑。到了夕阳西下时，九财叔也没一个人孤零零地出现在老麻面前，而是跟大家一起回的。老麻于是将那些烂了的、长了芽的小洋芋果都煮进了锅里。结果可想而知，那天晚上大家吃了这些毒洋芋后，一个个都拉起了肚子。

在拉肚子的热闹中大家把九财叔忘了，我和九财叔什么都没拉，肚子好好的，我们抗得住。老麻对他导演的这出戏可高兴了，“看你们都吃了什么！”他说。“我也没办法，就这些洋芋了。”老麻把责任推给了九财叔和我，煽动踏勘队对我们的仇恨。九财叔在晚饭吃洋芋的时候吃出了一股尿臊味，可是他没有说什么。即便是大家不停地拉肚子，也没把怨气撒到我们头上，至少没有公开撒到我们头上。老麻就开始索赔了。那天晚上，老麻高声在营地说着：“一百一颗!”

他要九财叔赔他的牙齿。若是一对一，老麻是不敢在九财叔面前这么嚣张的，九财叔那只右眼里透出的寒气，让人见了会不由自主打三个激灵，但老麻仗着祝队长们对他的暗地支持，有恃无恐。算算，我们来马嘶岭有二十一天了，也就二百一十块钱，九财叔扣掉二十，只有一百九十块钱，要按这个价赔老麻的两颗牙齿，九财叔还得倒贴十块钱。当九财叔听到他还得拿出十块钱来，他的脸一下子就垮了，他是多么无望。他张着嘴看着祝队长和在灯光尽头豁牙暗笑的老麻，除了乞求之外，看不出他要大肆行凶的念头。他的嘴巴两边稀黄的胡子和皱折成了一个大大的括号，宽大单薄的下巴就托着那个“括号”，十分的无奈。那只鼓起的眼睛现在只是一个浑浊的晶体，充满了惶然，另一只有些坍陷的眼睛眯缝着，满是意想不到的驯良。

九财叔走出来，他一定是很难办，他算了算，他走，工钱加上踏勘队补助一百，还有个两三百块，不走，赔了老麻的，能剩多少？但现在老麻又不让他走，要索赔——他走又不能走，留又不能留。

晚上的风很大，依然是北风，河谷的冬汛好像在作最后的挣扎，在宽阔无边的河床上扑腾着，整个山岭到处是它们的腥味。九财叔在吃着什么，我闻到了一股刺五加果的味道。九财叔摘了不少的刺五加，那种豌豆样大的黑果子。这两天因为他无法安眠，就吃这个。

“把他们杀了！”

这天晚上，九财叔作出了最后的决定。他狠狠地嚼着刺五加，开始看他的斧头。

“你，咋说？”他问我。

“我，我……”

“事情成了，我们就安逸了。”他说。

“你跟我搞。”他鼓着劲说。

“搞了，我们就过安逸日子了。”他这么说。

“叔，你声音小点行么。”我说。

“不要怕的，跟我搞。”

我也觉得九财叔进退两难的时候他是会什么也不顾的。他的这个决心让那些钱和财物如此逼近我们，好像就在手边，唾手可得了。我在被子里，闭着眼睛，那些钱啊仪器啊就在我的头顶飘荡，还有红牛仔裤和发卡和小小的薄薄的录音机，还有好多手机。它们飘呀飘呀，它们穿行在蓝色的天空里，像一些鸟飞着，穿梭着……我看见水香穿着红牛仔裤，别着红发卡，站在马嘶岭河谷的对面向我喊着：

“回来啊治安，治安快回来！”

我的梦被惊醒了！我听见了真实的男人的喊声：“有东西！有东西！”

睁眼一看，营地亮如白昼，瞬间，又倏地进入了黑暗。怪光又出现了！这光总是在晴朗的晚上出现！有人敲起了脸盆搪瓷碗，并且放起了枪。马嘶岭是一片恐慌中的混乱。

“注意隐蔽，不要面对它！”有人喊。

光没有了。

“这东西把我们折磨得太苦了！”祝队长啐着，“怪事，他妈的！”

大家一字排开在门口，要死守我们的营地。老麻抱出了柴火，说：“点火吧？”

“点！”火就点起来了。因为没了汽油，已经有几天都没发电了。火点了起来，半干半湿的柴烧得啪啪乱响。

“是不是有什么东西把远处县城或镇上的灯光反射过来了？”有人说。

“别想那多，把火加大些，烧！去砍树，砍棒子给我们！”祝队长敞着羽绒衣，哑着喉咙在那儿指挥。我就跟九财叔去坡上的灌木丛砍树了。大家打着电筒，有的举起箭竹做的火把。

找准了树，一顿砍伐，一根根胳膊粗的树棒就到了大家手里，树枝就被他们抱去投进了火里。

在砍树时九财叔很兴奋，我听他说："来了，来了好！都来都来！"我们砍了一会，回到棚子里，祝队长他们的帐篷里全是削砍木棒的声音，是在把木棒砍光滑。老麻一个人也在厨房里砍，还发出"嘿嘿"的虚张声势的声音。九财叔一头的汗，对我说："机会来了，一定要搞！"

"咋搞啊？"我说。

"一斧头一个，你管那么多！"他说。

我说："不能啊，叔，这是犯法的。"

"鸡巴法，"他说，"跟我搞。"

"现在就动手吗，叔？"我真的好怕。

他说："迟早的事，要趁他们分散，下狠手，让他们连哼都不能哼。"他咬牙切齿地说。

我松了一口气。他说的是白天趁他们在野外分散工作时下手。

他躺下来又说了一句："搞一次，用一辈。"

九财叔呀，你害了我！我又想，跟着这种胆大的人，说不定真能一下子翻身呢。谁不想翻身啊，有这个机会，说不定是老天促成的。咱们黄连垭的人没这个机会，我跟九财叔有这个机会，为什么不干呢？

“要是山下的人知道了来找他们呢?”我担心地问。

“我们早就走了，山下的人又不知道我们是哪里的。我估了估，马上要落大雪，大雪封山，进不来了，雪一埋，一直到来年的五月，野牲口都会把他们啃干净了。寻不到，还以为他们跌进河里淹死了……”

早晨，在水沟边洗脸时，眼睛充血的九财叔转过头来问我：“今年七月你家的羊渴死了几只?”我说三只。他喔了一声。“我两头种羊全渴死了。”九财叔说。他摸着包头的帕子，帕子上有斑斑血迹，那是头被老麻打破了流出的血。

我正准备走，他突然叫我：“你磨磨。”

他要我磨斧！昨晚所说的一切又在我头脑里响了起来。他还是要杀呀？我看看他，就蹲下身在水边磨起斧来。我在问我，我要杀人吗？今天的天气没有什么不同，气氛也没有什么两样。开山斧本来就很快，我无力地磨着，瞅瞅旁边的九财叔，他无事一样，好像很平静，没有什么恶念。

一切都跟往常一样，我庆幸一样。这天继续圈定矿界。

早晨的雾气很大，我们出去四面都没有路，到处烟雾腾腾，像着了山火一般，我们摸索着走路。九财叔跟上来了，他箩筐里的东西不知是谁装的。“带上了吗?”他小声地问我，是指我的开山斧。开山斧本来就在身上，每天都插在腰间的。我感到他这天真要动手了。我借故扯鞋跟，落在了后头。我忐忑地走着，雾越来越浓，有人在路上说着话，我什么也没听见。

到了工作地，雾还是很浓。我到处找九财叔，我希望见不到他，可还是看到了他。他袖着手，干坐着，抽着烟，烟锅在雾中忽闪忽闪。我们的浑身都被雾打湿了，雾里有很稠密的鸟叫。这天只要雾散，肯定是个焦晴焦晴的天气。我在想着我怎么办，我浑身不自在，心上巨石滚动的声音又响起了，轰隆隆，轰隆隆……好不容易熬到快中午的时候，突然有人喊我，要我到祝队长那儿去一下。当时我就快昏厥过去了，我在想完了，他们发现我们的计划了！我冒着冷汗，不由自主地摸着腰上的斧子，好在还有雾，喊我的龙工没有看到。到了祝队长那儿，祝队长若无其事地说："明天，你们挑石头下去，水退了。"我没说话。祝队长又说："老麻也去，他说他要补牙齿，他去补完牙齿，再挑东西回来。"我放心了，就说："行哪。"我又问："那……我表叔也下去吗？"祝队长说："下去，怎么不下去，你们三人一起下去。"当时他们作了决定，把九财叔交给山下后勤分队的处理，这比较安全些，他们带了信下去。可我不知道，我当时只是说："他们在路上打起来了咋办？"祝队长说："你们前后走嘛，不要一起走。"我说："三个人怎么走还是一条路，老麻也不情愿的。"祝队长就说："你劝劝他们嘛。"我说："劝不住的。"

九财叔正伸着颈子在坡上等着我。见我来了，他哼了一声，说：“没用的，留与不留都没用了。”我给他说：“他们要我们明日下山。”他却说：“没用了。”我说老麻也要跟我们一起下山。他说你别给我说这个，没用了。我就骗他说，他们要你挑。他从鼻子里哼了一声，削断了一根树枝，他用手拭拭开山斧的刃口，说：“没用了。”他站起来，用斧头砍进一棵树，一棵糙皮松里，我看到新出的太阳正好照在了那把斧头上。

雾渐渐开了。九财叔的手指头有血珠子滚了出来。他放进嘴里去吮吸，我就开始吃早上带出来的煮洋芋，吃得冷揪揪的。九财叔也吃，木木地嚼着，从嘴角往外掉着洋芋渣儿。

雾全开了。这每天金贵的好时间他们就抓紧忙活起来。我正在搬仪器，就听见有人在树林里大声说：“你干吗老跟着我？”是树林中的一个坎子下，而当时并没有人，我没看到人。但循声看去，坎子上却出现了九财叔。说话的好像是王博士，我没见到他的人。我正在找是不是王博士，总算看见了那个田螺头，黑油油的头发在白晃晃的巴茅里，像一只头朝下的鸭子的尾巴浮在水中。就在这时，只见一道寒光一闪，那黑油油的头发就不见了！我听见了什么东西倒地的声音，有点像鹞鹰拍击着翅膀的声响，估计是压下了一些树枝和草丛。

九财叔动手了！

九财叔已经冲到了我面前，握着开山斧，脸色惨白地说：“搞！”

我的第一个反应是：王博士已经不在了！九财叔拽住了我，他是在“告诉”我发生的事，指令我赶快行动。他拽着我向另一个地方跑，说：“快！”

我的大脑无法反应过来，就已经被他拖下水了。事情来得太突然，已经出了人命，一条人命跟十条人命是一回事，必须赶快灭口。这容不下我多想，也容不下九财叔多想。就听见有人喊：“小王，小王！”话音未落，斧头就落到了祝队长头上。只见祝队长头上有白花花的东西飞溅出来，眼镜弹到一棵树干上，手晃晃，就倒地上了。不知为什么，九财叔并没有再给他一斧头，而是挥舞起斧子在树丛中左右开弓乱砍一气，见什么砍什么。

“九财叔！”我喊。

九财叔转过头来，注视着我，他醒了神，丢下斧头就蹲下地去，拉祝队长腰上的那个腰包。没有声息了的祝队长这时候突然在草丛中动弹起来，一只手捂着头，一只手捂着包，不让拉。我看到祝队长睁开了血淋淋的眼睛，九财叔在地上摸起开山斧，祝队长用颤抖急迫的声音对九财叔说：“你、你放了我，我给你一、一辆小汽车。”

九财叔大声问：“在哪儿？”

祝队长气短，半天才说出：“在……县城。”

因为祝队长捂包的手死死不松开，九财叔就与他争夺着，回头对我吼道："快来呀！"

我的开山斧已抽出来了，可我迟迟下不了手，我看看祝队长说："叔，他给你乌龟车啊！"

我的话让祝队长听到了，他睁开一双血淋淋的眼睛向我求救："你、你、你……"

"还不快动手！"

九财叔的一声断喝，让我手起斧落，我闭上眼睛就是一下，我听到祝队长在我的斧下一声惨嚎，就像年猪在刀下的惨嚎一样！我再一睁眼，祝队长的口里就冲出一块黑红色的血块来，并从嘴里发出"噗"的一声，脸突然变成紫茄色，头坚定地歪向了一边。

九财叔拉开了那个腰包，果然掉出来手机，他又抓钱，完全是钱，全都是一模一样的大钱。他要我解祝队长腰包的带子，我去解，解不开，他就用斧头一刀割了，割开了，他把钱再塞进那个腰包。此刻祝队长已经三魂缈缈，七魄飘飘。九财叔抓上那个黑色的腰包，还抽出了祝队长绑腿里的那把美国猎刀，要我提上遗弃在草丛中的仪器，那个像夜壶一样的数字水准仪。我们又去搜王博士的口袋，搜出了手机，还有钱包。没有多少钱，有一张他经常看的照片，他与他老婆的照片，戴方形帽子的照片。

"咋办，叔？"我浑身哆哆嗦嗦地问。

九财叔把箩筐倒空，然后装那些搜来的东西，我也学着他把资料和石头倒出来，只装仪器。我们挑着担子往营地跑去时，就撞上了那四个人。离营地不远，在一个岗坡上，估计全在那儿。杨工和龙工这两个烟鬼都含着烟在小声嘀咕并记录什么，都蹲着的。九财叔向我一招手，丢下箩筐就隐过去了，照那两个人一人一斧，像敲岩羊的头，两个人手上的东西一撒手，就仰面倒地了，烟在草丛里还冒着烟。

这时可能让小谭听到了什么，他突然站起来，像一只受惊的兔子，伸起脖子朝我们这边看了看。他看到了什么？他看到了两个杀红了眼的人，两个农民，手上提着山里人特有的开山斧，他还看见了两个倒地的人。他拔腿就跑！洋芋果小杜还弓着背对着仪器看什么，她背对着我们，她耳朵里塞着耳机，她什么也没听到。小谭撒开脚丫子跑时也没喊什么。他跑错了方向，一堵石崖拦住了他的路，他想爬崖，却又转过身来往另一个方向跑，九财叔已经离他不远了，他就一头迎了上来，从绑腿里抽出一把跳刀："我跟你们拼了！"我听见他这么从喉咙里大吼道，声音是一种哭声，一种类似于哭泣的愤怒的声音，从牙齿缝里射出来的声音。我一转头忽然看到了一双好柔亮的眼睛，是小杜的眼睛！她带着诧异的眼睛！她一定看到了撂在坡上的倒在那儿的杨工和龙工。她一定惊诧，那些低矮的巴山冷杉的枝条把她看到的一切都割得零零碎碎。

“你死了！”

九财叔向我喊，高声骂我。他的声音也变了形。我转过身去看时，他已经与小谭扭打在一起了，我看见血花飞翔，就像有无数只红色的蜻蜓从风中溅了起来，一定有人中了刀！

九财叔完了，我就完了！我拼命向他们跑去，树枝一路抽打着我的脸，好像全是在与我作对，整座山，全在反抗！我被抽打着，脸上火辣辣的，眼睛都花了，我不顾一切地冲了过去。我看见了一只龇牙咧嘴的猴子，薄薄的刀条脸上全是汹涌的血水，现在已经扭曲得像根秋扁豆了。

“你们这些土匪！”

他来夺我的斧，我不能让他夺我的斧，我的斧举得很高，只是没有砸下去。可九财叔不知出于什么原因，一把将小谭推到我怀里。他手上的跳刀就刺进了我胸口，我一阵尖锐的疼痛，本能地一让。听见了一声尖细的叫喊。是发生在那边的，九财叔的斧敲中了小杜。我看见小杜摇晃着抓住了一棵树，头发散开了，一眨眼，那头又埋在了九财叔的手上，好像是在咬他。

我这儿的事依然在发生，面前的小谭再一次用头向我撞来，我一个趔趄，后退一步，站稳了。他全身都在淌血，像一匹发了疯的野牲口。我看看胸前，棉衣破了个小口，没血出来。我听见九财叔在狂骂我，他用手挡着小杜，向我挥着开山斧，好像在示意要我用家伙。我又闭上眼睛，朝小谭的头上砍去。斧背砸瘪脑壳的声音真的很难听，短促，沉闷，哑声哑气，就像砸一个未成熟的葫芦。我干完了一件事，我握着开山斧站在山坡上，我看到的小谭扑倒在地上，抱着一块大石头，好像要亲吻。这个山里娃子就这么完了。接着又响起了小杜的几声连续的尖叫，油嫩嫩的声音。后来就没有了，我知道小杜也完了。我最后看见九财叔直起了他的腰杆，在扬眉吐气，手上拿着一个红彤彤的东西，是一只发卡！

我抹了一把脸上憋出的汗，心尖又疼。我瘫坐在地上，看到旁边的小谭正怒目直视着我。他没有闭眼。我想把他的眼珠子挡住，我没有力量了，我只好自己闭上眼，泪水突然从我紧闭的眼里往外咕噜噜冒出来。我怀疑冒出的是血，是从心里流出的血，又从眼里流出了。我不想证实。那一摊摊的血在我的眼前恣肆飞旋，我一阵恶心，胃里似有千百条蠕虫搅动，胃液顿时冲天而出。

我吐得一塌糊涂。我无力地抬起头，看到九财叔正在拉小杜红裤子前的拉链。

“别这样，叔！”

我冲过去就拽住了九财叔的手，“叔，别这样！”我死死地拽着，我一掌就把九财叔推出了老远。九财叔在地上爬着，支棱起脑壳不解地望了我一眼，他手上拿着许多东西，估计洗劫得差不多了。他恶毒地骂了我一句，就说：“快！快！”他挑上了箩筐就跑。

我跟在他后头，我看到了前面不远的树丛间出现了一群红腹锦鸡，好多好多！这些林中的舞女，发出一阵振聋发聩的聒叫：“茶哥！茶哥！茶哥！”这时，天已经大晴，西坠的夕阳突然间挂在万山空阔的天边，苍山滚滚，晚霞滔滔，好像在洗浴那一轮夕阳！我回过头，马嘶岭上，那几个或蜷或卧的人，都在夕晖里透明无比，像一块块形状各异的红水晶，静静地搁在那儿，神奇瑰丽得让人不敢相信！

我被这壮观的景象惊呆了，我站在那儿，手拿着开山斧，脚下像生了根一样。我发现我另一只手在裤兜里紧紧攥着，好像捏着一个东西，拿出来一看，是一张玻璃糖纸。那时候我听见河谷的风吹过来一阵喧哗之声，好像一个窥视的人一样，那声音在山岭上曲曲折折地游动，又折回了河谷，在群山间回荡，就像一阵惊叫！我发现我的泪水像泉涌一样不可遏止，滂湃而下。

我在后头慢慢走到营地，九财叔正在往箩筐里装东西，他要我快装。老麻不在了，我四下寻找，在一个坡前看到了倒下的老麻。

“装啊！装啊！”九财叔喝令我。

“装，你要什么？装！”他说。他问我。他要给我分钱，还丢给我一把好跳刀。

我说："我不要钱，我不要刀，我只要那个录音机。那里面有我，有我唱的歌！"

他不听我的，硬是把一些乌七八糟的东西塞进我箩筐里。他教训我："你这个小杂种，你想跟老子过不去？"

我只好挑上他给我装的满满的一担。他还说："睡袋也是好的，他娘的，他们睡这么好的褥子。"

我们挑着东西，开始往河谷溯水而上。我发现九财叔从离开马嘶岭起就已经神经错乱了，他在前头急急挑着，不停地说："装啊，装啊，装啊……"

九财叔时不时回过头来骂一句："蛋球！蛋球！"不知道骂谁。他目空一切了，那只杀人不眨眼的右眼环顾四周，真像一个独眼鬼。我陡然觉得那奇怪的白光就是从他的右眼里发出的！

我们在河谷转悠的第三天，天空乌云滚滚，九财叔突然甩下担子，纵身跳进河中。他飞快地划着水，在水中又拍又打，他真的疯了。好在他没被河水卷走，我喊着他，把他从河里拉上岸来，他浑身抖得不行。那天傍晚，我们又遇见了几头野猪，九财叔毫不惧怕，抽出开山斧就杀入野猪群，奇怪的是，那些凶猛的山中之王，那天被他砍得哇哇大叫，四散奔逃。九财叔砍跑了野猪，又在地上拔食野草。

确实没有吃的了，我只好跟着疯了的九财叔啃吃野草，吃蛐蛐菜，鹅儿肠，云雾草。我们在山里转悠了九天，衣衫褴褛，饥寒交迫。第九天的夜里，山里飘起了大雪，这一场大雪一下子就没了膝。九财叔不让我歇息，不让我们进山洞，那个大雪纷飞的晚上，我们不停地在森林里转圈，早晨到了梨树坪河边。白雪皑皑的黄连垭已经在望了！已经快走出森林了，快到家了！我给他说快到家了，我说："九财叔，那是黄连垭。"我指给他看。九财叔恍恍惚惚地看着远处的山冈，看看我，又看看自己挑着的担子，停了下来。我们坐下，他好像清醒了。他问我："我们是到哪儿去的？"我说是回家呀。他说我们从哪儿来的？我说是马嘶岭啊。他左看右看，说："我们杀了他们是吧？"我说是的。他说："这是他们的东西？"我说是的，我就拿出他给我的钱来说这是你分给我的。他问多少？我数数说三千多。

"三千多？"他说。

我说："还有这些东西。"我翻出藏在睡袋里的三个手机说："还有这个。"

他想起了什么，就去翻自己的箩筐，也翻出了手机和钱。还有那两个红发卡，还有一些仪器。他指着我的东西："都是我们两人平半分的？"

我说："是啊，平分的。"

“我们杀了人，你也杀了人，我们都杀了人。你杀了几个？”

我忙说：“我没杀人，我没有！”

他说：“这些钱够你用了。水香生了吗？”

我说：“我不知道。”我说：“他们不会沿我们的脚印找来吗？”

“你看看哪有脚印？”他说。

我去看来路，雪真的掩盖了我们走来的脚印。森林里一片恍白，阳光在云中模模糊糊，好像天要晴了。

“你发财了。你没杀人却发财了。”

“我们一起干的！”我说。

“你是个无用的卵货。你这家伙。”九财叔说，“我肚子饿了，你能弄点吃的来吗？”

到哪儿弄吃的去？前面梨树坪我记得是有个代销店的，在福利院门口。我说：“前面能买到吃的了，快到家了。”

他说：“我们商量这些仪器先藏哪儿？”

我说：“随便吧，叔，先找个山洞藏着吧。”

他直直地看我，好半天，笑了，说：“今年过一个好年了。”

我说：“我心不安实。”

九财叔就站起来，重新挑上了担子。走了几步，他忽然指着河里，对我说：“看，水里是什么？”我放下担子就去河边。一阵狂风袭来，我的头上就落下了重东西——九财叔在背后冷不丁给了我一斧头，用的是斧背，就觉得脊椎一阵压榨，我的颅骨顿时瘪进去了，脚一失重，扑通一声，跌进冰冷的河里，就什么也不知道了。

我没想到九财叔会对我动手，他是想独吞那些财产——他清醒过后后悔了，那么些现钱，也不排除他想彻底地杀人灭口。我根本没防备。所有的经过就是这样——我被人救了起来。

九财叔被梨树坪的几十个村民围着搜山抓住了。那也保不了命，他和我一样得毙。我等待死期来临，等着当八大脚的爹来收他儿子的尸骨。

八大脚我爹怕是没想到，他会从这么远的县城抬回他的儿子。又一想，小谭得绝症的母亲假如还活着，她又未必想到会这么远从南山抬回她的儿子——这全乡第一个大学生，魂都丢在了南山的马嘶岭。

高墙外的那轮太阳照着铁窗，我无意间从兜里掏出了那张糖纸——这是唯一没被警察搜走的东西。我把糖纸放在眼前，对着那轮可爱的温暖的太阳，天空全变成了红色。我又想起那个让我惊讶的傍晚，我们离开马嘶岭的那个傍晚，那些红水晶一样的透明无声的死者。我的意识突然觉得，结局只能是这样的，他们最后只能在那儿——在那个时刻，安安稳稳地躺在那里，永远地躺在那里。

这是为什么呢？这种想法让我至死也弄不明白。

滚　钩

成骑麻把船停泊在芦苇洲头的一个小汊子里。他没想到，这五月，风乍起，浪接天。风如此寒厉，昨天还是单衣，今天要穿棉袄。江上的风本来就硬，加大到六七级了，雨也有随风而至之势，白呲呲的巨浪向滩头打来，不到人高的芦苇咔咔折断，江水陡然浑黄暴浊，浪渣密密层层漂来。这天气是不能打鱼了。拴好船，想赶快回家添衣服。走上滩头，看到几条野狗在嗷嗷乱叫撕扯什么，凭直觉是死尸。死猪死狗也就罢了，一个黑乎乎的大家伙就是个死人，他们俗称的“泡佬”。成骑麻拿着长钩就飞跑去驱赶野狗，那些疯狂的野狗也是吃红了眼，逐渐向野狼进化，尾巴呼啦啦地摇着，身架奇壮，牙齿尖突。等成骑麻将长钩向它们扫去，硬是几个回合，撵走那些野狗后，看到那个泡佬已经被啃去了半条胳膊一只脚。

是浪把这人送到滩上来的。是死人，成骑麻一个激灵，不由往四下望望，是看有没有史壳子。这是条件反射。再看那泡佬，天！不是村里的成小安吗?！小安找到了，小安浮起来了！

应当如何把这消息告诉村里呢？他必须守在这儿，不然小安的尸体会被啃得一点不剩。或者先埋人？但这不是无名野泡佬，无名是可以埋的。小安就不同了，是同族侄儿。你看成小安，爹着五个白森森的指头，似乎在召唤着他，也像是指着村里，眼睛鼓胀胀地望着天，分明是要成骑麻去喊他的亲人来。前三天，成小安的老婆腊月算是埋掉了，小安是要与老婆同坟的，他们是抱着一起跳江的；小安患了肝癌，治病欠了一屁股债，医院催款，疼得也不行，就这样两口子商量好，一起从成家村堤边的废弃趸船上跳进了江里。

打捞腊月，史壳子要了三千元，谁不说这史壳子黑心烂肝，咒他咋不得癌症的，毒瘾犯了，让车一头撞死也行。这只是背地里说说的，见了史壳子，一样点头哈腰。交三千，还说是乡里乡亲的特价。成骑麻没有参加，勾老倌、虫老倌和哑巴三水去了，非族人。刚开始成骑麻是要去的，小安的爹哭着来说让成骑麻帮忙去捞捞。这还用推脱吗？钱是不会要的，本来就与小安爹是表兄弟。再者成骑麻打捞了三十年，打鱼，捞尸。他准备好滚钩，史壳子却找上门来，甩给他一句话说："麻老倌，您郎嘎不要断我的财路。"成骑麻当时还嘴的想法也没有。这一说，也是警告，以后他要断成骑麻的财路。这一带，水牛市两岸的捞尸，不知怎么就成了史壳子的一碗菜。有想捞尸挣小钱的，不是船被凿出个洞，就是半夜被扔石头，还有的不明不白船篷失火差点把人烧死。这还能是谁干的咧？当史壳子走出戒毒所时，一个因毒瘾快疯的人连父亲都砍得下去，你还不谢他留了一手，让你不死。啥时候他打上了泡佬的主意？只有天知道。也许有一天他看到那些从水里钩出的死尸，看到呼天抢地的人，阴阳相隔时，对着茫茫大江无助嘶喊时，那些歪歪倒倒的老渔民，成了他毒资的输送人。他自己，也许某一天照镜子，看到只剩下牙齿和鼻孔的一张脸，不就是具死尸吗？他咋会捞尸？最后一次戒毒出来，饿得不行就成立了一个壳子打捞有限公司。大家都知道他的诨号，一张纸壳子样的人，或者这个打捞公司，就是个空壳子。他自己，叫史克治。壳子打捞公司，什么都不捞，就捞死人。前几年，捞一个五千，史壳子垄断后，涨到一万二，一口价。这里还有二家吗？找政府，政府不管这事。政府管得多，小贩摆个地摊也要掀的，淹死人了不管，没有公益捞尸队，连在江湾竖个警示牌子也小气死了的。这水乡到处是水，伢子们咋能一天到晚读书而不会点扑泅呢？这狗日的教育！水牛市的观音湾，是观音河入江口，那儿表面平静，暗流汹涌，入江的水把江底淘空，深不可测，流沙在水下四处游弋，像一只只巨手拽着你。在这儿游玩的人不知深浅，几步往水里蹚去，以为是平滩，几步就卷进深坑漩涡了，就会惊呼救命了，两只手乱抓乱打，几个就没顶了，只好去捞尸。

有人说观音湾有冒充观音的水鬼，在水下拉人。水鬼都是屈死鬼，必须拉下两个人才能托生转世。这就造成了恶性循环，一个拉两个，两个拉四个，四个拉八个……史壳子的发财机会就来了，干不完的捞尸活，赚不完的死人钱。史壳子过去经过商，他注册了公司，就堂而皇之“正式”了。然后弄些小伢沿江发卡片、贴不干胶。上有他的手机号码；提供死人信息的，给一百元信息费。有了淹死人的信息，再电话村里的渔民放滚钩捞尸。如他们捞不到人，也有两百元的收入。因为死者家属已经给了四千元押金，捞到捞不到，这押金是不退的。刨去其他的如每个渔民两包烟、一条毛巾、一双布鞋、一瓶二十元的白云边酒，加上给信息费等，史壳子还是赚大头。捞死人又不要发票，税也偷了。捞到了，成骑麻他们每人可得六七百元。一个月平均下来不止一笔，远比打鱼的收入多。这年头，长江上已无鱼可打，三峡建坝，水小了，拦住了上游来的鱼，也没有下游来的鱼，如回游类的鱼。加上污染，再加上前些年打鱼的多，且是电鱼，迷魂阵、矮围、地笼、陷阱网、抬网、光诱捕网，断子绝孙的炸鱼和电鱼，长江里哪还有什么活物？过去，成家村全部打鱼，成骑麻就是村长，领导两百多号船。还有村集体的机动大渔船，八十四、一百二十匹马力的渔船就有好几条，在长江上下三千、五千米的滚钩，围捕春季和秋季鱼汛，围捕江上的腊子（中华鲟）和江猪子（江豚）；那时没有保护一说，江上江猪子一群群几百只，腊子从东海游来去上游金沙江嘉陵江产卵，有时候夜里整条江上都挤满了巨大的腊子鱼群，一条大的有千把斤不稀奇。有“千斤腊子万斤象”之说。三层滚钩拦截，一次捕几万斤鱼太稀松平常。冬天也用围网，有一年一网捞上来二十万斤鱼。长江上的四大家鱼青草鲢鳙是大宗，过去天天都可打上几十斤重的鲢鱼、鲶鱼和鳡鱼。但现在四大家鱼全是人工繁殖了，没有了江里产卵之说。现在，村里的人全改行干别的了，或者到各地承包鱼塘，剩下没死的老家伙们，没事可干，就只好在江里打点小鱼小虾，聊以度日。

成骑麻习惯性的用手指去敲敲小安的手。每个捞起的死尸他都敲一下，看有什么反应。当然不会再有反应，习惯而已，这是跟他的父亲学着做的。所有泡佬两手都是张开的，不会捏着。他们已经把人世的一切全部放开了。看着小安的尸体，成骑麻想，我不能就这么守着。人又离不开，风又大。往后面看，野狗在芦苇荡里伸长猩红的舌头窥伺着。他用手机给家里打电话，拨了几次，无人接听。给儿子？儿子“失踪”了，只要是他成骑麻打，儿子不会接。儿子丢下老婆孩子，与义忠村小学校长的肥老婆私奔了。儿子从小瘦，渴望一身肉，这就找到了一身老肉，校长老婆大他整整二十岁。有一次接通了电话，他对儿子说，我都要叫她妈了，你奶奶啊！有时候也无可奈何地想，你小子也算争了口气，一个半文盲竟能勾引到校长的娘子，咱家祖坟上冒青烟啊。

他只好去船上，找了半截桨片，好在是沙土，拖着小安的腿放入一个沙坑，三把两下将他临时掩埋了，再抱了些浪渣树枝堆在上面防野狗扒拉，就赶快去村里报信。

这里，成家村在长江南岸的沼泽里浸泡着，芦苇、青蒿比房子高。巨大的蚊虻繁殖得很快，发出震耳欲聋的嗡嗡声，铺天盖地。许多人家的篱园里卧着恶狗和断砖，獾鼠在村子里大摇大摆。庄稼小块地成熟着，阳光有些偷偷摸摸，无精打采。但是从远处看，是绿水人家，鸡鸣狗唱。埠头有蒲柳，屋前有垂杨。旧船半沉水中，破网飘飘荡荡。两百年前的成姓人家在这里挽了个土垸，就成了村庄，以后陆续有江苏安徽打鱼人避风在此，赖着不走，成为村民。再以后水鸟也看上了此地长出的树和生活的牛；这些奇怪的水鸟，喜欢临风筑窝，平时蹲在牛背上缩着脖子发呆，不吃不喝，精瘦无肉，像一些白色的棍子到处弹动。到了冬天，北岸凶猛的大风直扑向这里，黄鼠狼到处挣扎跑动，沼泽里的青麂开始大哭。野鸭如云排空而来，它们以水里密密麻麻的蚂蟥为食，解了成家村人的心头之恨。

干枯的长江蜿蜒东去，让对岸建筑丑陋的水牛市暴露在江水的倒影中——全是灰色的屋顶，杂乱无章。加上点小雾，倒影里对岸的城市就像梦中，与他们无关。至少狗没有心理压力，并不以自己是村狗而收敛，发狠地对着城市扭曲的倒影狂吠，以主人自居。这里的一切，依然是祖先带给他们的命运。现在五月涌动，汛水携着长江上游的腥味下来，弥漫在村子里。沼泽深处有产卵的鲤鱼上窜下跳，异常痛苦。到了深夜，听得到它们重重的扳籽摔打声。

说是叫成家村，但渔民忌讳太多，“成”与“沉”同音，只能叫浮家村，成骑麻过去大家都叫他浮村长，现在叫老浮。叫老浮的老倌子太多，就叫他麻老倌。史壳子也不能叫史壳子，“史”就是“死”，只能叫活壳子，活总。

雨下来了。点子很大，但很稀。这时候，成骑麻抬脚进村时就看见了史壳子的爹，瞎着眼睛在门口摸索，雨点击打的灰尘溅跳上他宽大的裤腿。有一条狗的眼睛是他给戳瞎的。门口一排树上牵了根船绳子，他就顺着绳子每天摸索走路。这条绳子也是捆过尸的，只是史爹不知道罢了。即便史壳子是长江两岸的捞尸大老板，一月少说有一两万收入，可他的家却依然破旧，用水泥砌的矮两层楼房，差不多有三十年历史了，是史壳子他哥没被枪毙时用贩毒的钱修的。外墙是水磨石，已经长满了老年斑似的青苔，上面爬满阴险的蜥蜴和滑溜溜的蛞蝓。但在楼顶上还用蓝瓦搭了一间很高的小屋。很有几次，在有月光的晚上，成骑麻看到史家这蓝瓦屋顶上躺着许多鼓胀胀的泡佬。那些泡佬一个个按照出水的样子，有男有女地整齐排列，男的从水中浮出是脸朝水底，女的浮出是脸朝天。老辈子的人说男的脸沉故屁股朝上，女的屁股重故脸朝上。有一天半夜出来小解，成骑麻看到他家屋顶的那些泡佬有的坐起来，有的女鬼在梳头——月光下的头发湿漉漉的；有老人，有年轻人，有小伢。成骑麻以为自己看花了眼，回到床上往窗外望，还是那样，鬼还在他们家屋顶上，影影绰绰，还在梳头。这事儿他跟谁都不能说，包括老伴。他到江边的大悲寺里偷偷化了斋，捐了钱，烧了纸，磕了三十六个响头。菩萨是要念及他成骑麻祖上三代没吃过死人的饭。从他父辈算起，都是渔民，也是水牛市民间慈善组织“义善堂”的成员，专门捞尸葬尸的，不收分文酬金。1949 年后“义善堂”解散，政府接管，还是捞尸不收钱。“文革”时投江的多，那时政府瘫痪了，但成骑麻的老爹还是一如既往地带着他和村里渔民义务捞尸。一年捞过两百多个泡佬。后来，他九十岁的爹死了，这事儿好像就没人管了。

他可以埋着头走过去，不理会这个瞎子。但另一个成骑麻却停下来。这个成骑麻在那儿踯躅了两三步，看了一眼天上的雨势便大声问：

“活爹，活总在家吗？”

他给了他一条鱼。这是惯例。即使没打到鱼也要买上别人的一条拿来给他，好让他给史壳子说麻老倌子又送鱼来了。现在，拿到鱼的瞎子一阵高兴，刚才像僵尸的脸上变得喜笑颜开，边抖边走地说：“我来给他电话，我来打电话！”

瞎子过来往他身上一闻，瞎眼一翻，有话了：“有泡佬味。”

他是怎么闻出来的？这老倌子年轻时吃喝嫖赌，也在渔船上做事，见到女人又无他人在场时就顺势按到船板上奸了。船家女人赤脚单裤腰里还是橡皮筋，非常容易得手。船板上又干净，好像到处都是婚床一样。村里渔妇意志稍有松懈的没有没被史老倌奸过的。好像还都愿意让他戳上一枪，没一个反抗报警。可见“男人不坏女人不爱”的宇宙真理有几十年了。但有一次在外村奸女人时被发现，让人戳瞎了眼睛，从此金盆洗手，改邪归正，在家教育出了两个吸毒儿子。

他帮他儿子拉生意咧。他是看不见他自家的屋顶上有那么多泡佬坐那儿了，但时常半夜会突发头疼，清喊鬼叫，说有人用绳子捆他。到了白天，没有事了。这屋里平时也就他住，史壳子四处游荡，居无定所。史老倌摸摸索索去拨电话，瞎眼狗夹着尾巴打着哈欠贴在他腿边。可怜这狗，一身在路边粘上的苍耳果没人摘，连蹲都不敢蹲。头上、瞎眼边都给粘上了，一颗挨着一颗。

“你死哪儿了?”然后把话筒给成骑麻。

那话筒又黑又脏，还散发出一股大蒜味。从桌子上拿过来时被桌下的一堆瓶子绊了一跤，成骑麻后悔莫及，从这儿走过去不就行了吗?

“……是这样的，我看到小安了，可不是我打捞上来的，他自己浮起来的，在芦苇滩那儿……风浪大，就漂到这儿了……还被狗啃了，我去给他爹说说……”

他这样说是什么意思?他要说服自己。他的意思是向史壳子解释，就是解释，解释后再去告诉小安的爹。绝不是我打捞上来的，我说的是这个意思。是解释，不是告诉。我谁都不想得罪，史壳子是得罪得起的吗?

“你没给他爹说吵?……好!我马上来，在打牌……”

他在江边麻将馆，离这儿不远。再怎么想办法都来不及了。如果他在对岸水牛市，再比如说是另有人发现的，他成骑麻不就撇清了，这就不与他相干了，他害怕什么呢?不就害怕以后史壳子不再给他派工，让他赚不到分文。唉，人贱了。

心里一塌糊涂。看着狗身上的苍耳。狗浑身抖动着，因不能卧，估计它站了一个月。可你这条狗在这屋里也就这个命运了。

不给他史壳子说，会有什么样的结果，都是知道的。常言说欺老不欺少，他再怎么坏，他年轻；我再怎么好，我老了。

老村长算个卵，世界是他们的，也是他的同伙们的，他们狠，你只能认。这几年你成骑麻添置的沙发、手表、手机、太阳能清华阳光热水器，又修了瓷砖厕所，还补贴那个不争气儿子孙子的钱，从哪儿来的？每个月总有千把两千块的收入是谁给的？到了夏天，一月捞八九具尸是常事，最多一个月拿到一万是谁带给你的？全是现金结算，史壳子从不拖欠，因为捞尸先付款。史壳子这里，一具一结，捞起来就有钱，捞不起来也有钱。肥皂、毛巾、烟酒，给亲戚的不少，用得完吗？亲家那边，割两块稻也是瓶装酒，白云边、关公坊，来这边提的。史壳子有规定，凡在他手下搞事，就是公司员工，不许接私活。有一个老倌子，私接了一单，捞个小伢，收了两千，好，从此史壳子这儿没你的事了。老倌子急呀，退钱他，提好烟好酒找史壳子求情，史壳子臭不理他。你干瞪眼。

可是成骑麻感到一阵阵的不舒服。等他回来，等他去给小安的爹说？小安媳妇腊月捞起来要了人家三千，还说是十年前的价，说他还要开工资交税，睡（税）你妈的个逼！还不回来，小安被野狗刨出来啃完了！可他成骑麻为啥就迈不开腿呢？

史壳子摇摇晃晃地开着一辆无牌摩托出现了。这个鬼一样的人，三块骨头顶着个脑袋，两只寒风眼叮咚叮咚地闪，屁股像被人砍掉了似的，手像鸡爪，鼻孔萎缩，气若游丝。

成骑麻爬上他的摩托上了江堤，风越来越大，老远就听见野狗争食的撕咬声，史壳子驾驭不了这摩托，几次崴在沙子里，把成骑麻摔下来。成骑麻拾起掉地上的长钩就拼命往江边跑，几乎是怀着愤怒将长钩掷去，打着了一条狗，其他的狗才惨叫着逃之夭夭。但，小安已经被扯出来，残肉与沙子混合在一起，粗看大腿又遭噬啃，手指也残了。滩头上弥漫着一股烂洋葱的臭味，酸腐，尖锐。他呼呼地喘气，年纪大了，跑这一路力不从心。加上寒冷，脖子以上出现酸麻胀疼，心脏早搏，跳两下停一下。

“先把他洗干净，就说是鱼啃了的，把这里的耥平。再是，把您郎嘎的船划过来，把滚钩拿来，我们给小安挂些钩……”

他都懂。成骑麻做了二十多年的村长还不懂吗？这事能做吗？他极不情愿地去了船上拿滚钩。他回过头看到史壳子拽着小安的尸体往江里拖。

成骑麻钻进船舱，舱里有滚钩，是上了锁的，怕人偷。此外船板上什么也没有。问题是他冷，想加件衣裳，最好是棉袄，最好是睡进被窝里。小安，你咋让我撞上了哩，这真是天大冤枉啊！

那边在喊：“麻老倌快点吵！”

史壳子不耐烦了，他就是这么指使你的。就因为你老了。

他去解船绳。是个死结吗？老子从来没拴过死结的，一急还解不开。风又大，这能划走的？会翻船的！看到史壳子拖得很吃力。死人是很沉的，而且死人都会暗中使劲。成骑麻磨叽时间让他拖，让他搞去。然后我就说船坏了回家去。这想法很快让史壳子感觉出来了，史壳子高声在那边喊："您郎嘎是不是下不了手？那就回去嘛，把钩拿来我挂。"

成骑麻划不是，不划也不是。船从芦苇汊子里出来，风浪劈头朝他打来。船抛到苇梢，再咚咚地撞上汊岸。成骑麻哪还站得稳，五脏六腑都要簸掉，就像成小安无形中拿棍棒打他。死人是会发怒的，今晚只要船不翻，要在船头点一盏菜油灯。菜油还有，要洒点酒。他要哭起来，你他娘的只拉尸不拉船。全身湿透了，这事小安不会放过我啊。

"划不了咧，浪好大!"他说。

史壳子根本听不到，也没听。这时候，成骑麻看到几条狗与史壳子抢夺起小安的尸体来，狗看准了史壳子手无缚鸡之力，狗都瞧不上他。史壳子只好放下尸体，在沙洲上到处咤狗撵狗，可狗朝他狂扑，恫吓他。风又不顺，声音不达。成骑麻跌倒在船舱里，脑壳磕在船龙骨上，这一阵生疼！快哭起来。小安你莫使坏呀，我可没做什么咧。狗咋不咬住他，让这瘦猴精跟小安一起去了！便朝史壳子吼："划不过来咧!"他巴望史壳子手下留情算了，给小安爹一个顺水人情。

但史壳子撵走了狗跑过来，气吼吼的，给成骑麻导航。成骑麻年老体衰脚步不稳，史壳子要他甩绳子，他来拉船。拉船是可以，此时越拉越翻。

“就这儿了，就这儿了，后头下锚吵！……把滚钩拿上来！”史壳子这一说，等船碰到岸，成骑麻就跳下船，牵绳拿铁锚，把船固定。

滚钩很重，钩呀铅坠呀纲绳呀。都排好了。船上有六十米的、一百米的两种。如果打鱼，六十就够了，上有倒挂须的粘钩上千个。在很久的过去，村里在长江里打江猪子、腊子的时候，用两三千米的滚钩，有两万个以上的钩子。现在，六十米、一百米的滚钩，是专门捞尸的，长江上没有了这大的鱼，用不着。政府也不让用。若是钩人，政府就没话可说了。你自己又不去组织打捞，咱是替政府分忧解难呢。你组织个捞尸队，花点小钱就不行吗？可就是没人做，不知道他们每天上班在干什么，是在吃稀饭还是干饭。社会上的大老板现在也没谁热心此事，没谁捐款，比过去的商会差得远啊。

“动手啦！”

成骑麻听从史壳子的，两个人一个拽一只小安的脚，往江里拖。是太重。这是让小安再投一次水。丢进江里，水溅上来，就像小安戽水，两个人都湿得像落汤鸡。

“活总，你挂钩，我去村里喊人？我老汉抗不住了，快熄火！”

可史壳子滑头，说：“你不会骑摩托，我快些。”

不等成骑麻答应，史壳子就发动摩托走了，往后头甩给成骑麻半包烟。

这事怪谁呢，你就算不告诉小安他爹，埋了不也无事了吗？你这不是自讨苦吃？

点了支烟，看到小安张开的大嘴，把烟栽在了他嘴里。

“你可忍着点，小安。”他对小安说。

烟在小安的嘴上燃烧，就像他满不在乎地说：“麻叔你挂，我不怕疼的。”

这就好。成骑麻把钩去挂小安的死肉。反正是死了，橡皮一块。这样想就挂了。人肉跟猪肉一样，好挂，皮还薄些，再多挂些在衣裳上。头上不挂。狗吃掉的地方多挂几个。小安呀小安，你咋走这条路呢？别怪麻叔不好，死了还要挂几十颗钩。你麻叔老了，无用了咧……眼泪就出来了。冷出的泪。怎么想怎么伤心。心脏要出问题。

就少挂几个吧。把他往水里拖，摁进水里。就这样了。

由远而近的哭声一窝窝卷来。小安家的亲人和村里来了一大群。喊号着小安的名字，咿咿呀呀好悲惨。小安爹眼泪眼屎糊了满脸，拉着成骑麻就敬烟，连连说：“麻哥麻哥，感谢感谢呀!”

小安妈一过来见到挂满滚钩的小安尸体就哭昏过去了。各种人，各种哭。有人就给成骑麻递烟、酒、毛巾、肥皂。小安的两个小孩拉过来就在沙滩上给成骑麻磕头。这一下，成骑麻也哇哇地哭了，给两个小孩擦眼泪，却说不出话来。他赶快取钩。这钩大，不好取，拉出肉来。只是呜呜呃呃地哭。后来小安就放在板车上拉走了。

成骑麻浑身一点热量都没有，僵硬的手接过一千元，听史壳子说是“对半掰”。这不就是要了小安家两千吗？小安家哪还有钱？人已经被狗啃得七零八落，够凄惨了。就是因为没钱又疼得不行投江自尽的，肚子鼓胀，肝癌。天地良心，史壳子是要遭报应的。我只是想撇脱关系，不是想赚小安你的钱，你家谁不知道，我这不是黑了心敲骨吸髓？我就算缺这一千块钱，你史壳子缺这区区一千吗？……

村里到处是鞭炮，是乡亲们去小安家为小安放的，大家是同情这家人。成骑麻回到家里盖了三床被子还是冷，还是筛糠似的抖。让老伴煮姜汤。吃药。床都抖动。打牙磕。几颗仅剩的牙齿叮叮当当地响，就像发地震。在烧得迷糊中老是梦见儿子跟一个肥胖的女人抱着投江。

“你个婊子养的究竟要不要老婆儿子的？”

他在发烧中迷迷糊糊对着无人接听的电话大喊。儿子电话是通的，就是不说话。他在水牛市的哪个角落待着，与那个大他二十岁的校长娘子天天共度良宵？那一堆泡佬肉，有个什么嘛头？日你鬼娘的！

他把藏在枕头下的那一千块钱拿出一半，要老伴赶紧送到打丧鼓的小安家，交给他爹。老伴说："你哪来的钱？上这么多？浮涛结婚时他们才上了一百呢。"

"拿去莫啰唆！"烧得满脸通红的他大吼。

两天的风息了。太阳一出，人也好了。晨雾濛濛的沼泽上，一群野鸳好似乌云卷来，落到随风起伏的新苇丛中，留下凄清的叫声。菖蒲绿得发亮，好像涂了一层蜡。天气突然热了，天空也更开朗，云彩慢悠悠地招摇。

村里走了一下，碰上了小安两个成孤儿的孩子，各塞了二十元，要他们不要给爷爷说。到了傍晚，成骑麻说是去看船和水的，买了些纸钱香火去了芦苇洲子。水是大了，水腥味更加浓重。江上的水拥挤成一片。暮色苍苍，沙洲上空旷无物。他在那个现场烧了纸点了香。又上船在船舷四周洒了酒，在船头点了盏菜油灯。他抽着烟坐在船头，望着漫漫江水。天黑后，他离开。船头的灯，燃了一夜。

送鱼的来了，让他不出船都不行了。

送鱼的送的是十来斤的鲶鱼，有大有小，充江鲶的。卖就说是野生江鲶。鲶鱼不会立马死去，加点水放前舱里，去水牛市卖。这事也已经惯了，多加不了多少钱，一斤加个一两块钱的价。如果鱼死了还赔本。但一般，不会全卖家养的鱼，杂着卖，总可以从江里打些鱼上来，一半对一半。

“麻老倌，昨天你又哼了一夜。”老伴说。老伴先将鱼要下来了。

“没有吧?”成骑麻穿着衣服说。

“不行就算了。”老伴说。

“你把鱼要了，不是赶我出门?!”他不耐烦。

打开鸡笼的事都是成骑麻做的。等他起来，刺耳的摩托声把送鱼人带走了。阳光把整个村庄照得通红，好像过去的悲痛是不存在的，一扫而空。蜿蜒的江堤和田野都铺展在早晨的白雾中，黑色的叼鱼郎鸟，在沼泽上空无声地逡巡。他用长钩子系上装了鲶鱼的塑料桶，斜背到后背上出了门。

水涨得很快，前几日小安躺着的地方都快淹没了。淹了最好。沙洲子上，凡是低洼处，全是浑浊的泡沫。一道道殷红的流霞在天空漫溢，江水像胀大了肚腹的巨蟒，鼓鼓囊囊地争挤着两岸江堤向远方爬去，发出低低的吼声。

洲子上早就等候着过江去的本村和邻村的妇女，她们是来搭乘免费船的。这些叽叽喳喳的农妇，从三十岁到五十岁不等，大都打扮得花枝招展，有的还穿着吊带内衣，衣上的亮片满身闪光，宽大的乳房在内衣里摇晃，手和脸都很粗糙。这些去城里卖菜的农妇，奇怪的是没有连提带挑，大担小包。每个竹篮里也没多少果蔬，几把白菜，几串要死不活的辣椒，一些歪歪扭扭、奇形怪状的黄瓜……她们不像是从菜地里择菜出来的，身上散发着廉价的化妆品的香味，没有劳动的肮脏和倦容，眼角里没有风霜凛冽和担忧生活的痕迹。

其实大家心照不宣。这些女人都不是正儿八经去卖菜的，卖菜不过是个幌子，都是早出晚归到对岸的解放公园里做皮肉生意去的。那里有很深的树林和冈坡，一些垂死挣扎的老倌子们花个二十三十的，可摸可操，只要你操得动，价格低廉，便捷迅速，临死解解馋虫。这些年村里就一带二、二带三，姑姐带弟媳，嫂子带小姨，钻进了树林子。一张报纸，一个套子，一天少说可以赚个一两百元。再说，男人们也不在家，由她们去了；有的是默认了。挣钱总比闲着好，广开财路嘛。

“上我的床哟！上我的床！”

勾老倌喝了早酒，声音像擦了锈的钢精锅，亮堂堂金灿灿的。他故意把“船”说成“床”。勾老倌七十多了，满面红光，精神抖擞，像从五四青年节出来的。他的船穿着百衲装，补过无数次了，丢在江边连拾柴人也不会要。他蹲在舱里用葫芦瓢勺着船舱的渗水，叩打着船帮向那些妇女吆喝。

可是那些妇女不上他的船，这老倌子太呆气，喜欢摸妇女的奶，一路划过去要打情骂俏，吓你，让你抱着他。这老倌子死了来世变鱼，没得鸡巴。

“好啊，你们都到麻老倌村长的床上去了，不把他搞瘫的！”

可是，无论勾老倌怎样喊，妇女们还是要上成骑麻的船。船好，人正，你看他收拾得清清爽爽，多少年了，还是个干部做派。头发不乱，牙齿不黄，胡子干净，皮鞋闪光。上了船的妇女们就开始把带来的米往船舷四周撒，口里还念念有词。这些渔船，捞鱼捞尸，船头船尾堆的绳子都捆过死人的；船舷边上都系过死人的，这船阴气太重。捞上了死尸，又不能沾船板，只能拖在船舷边，否则船不吉利的。这也是祖上传下的规矩。

初夏的头河水早就过去了，那是桃花汛。现在是第二河第三河水了，水越来越大。船往江中心划去，就看到上游漂下来大量的漂木浮渣、死猪死狗。

“呀，泡佬啊！……”脑袋伸出舱外的妇女有人惊叫起来，同时手指着江中远远的地方。

“……该死的，该死的，猪啊！”

但见那江中心簸箕大一个个的漩涡里，旋转着一只只死猪，乱流像疯狂的水底巨兽拽着那些死猪浮上沉下，仿佛江里有无数电扇的大叶片在飞速转动。

"上游遭了猪瘟……可也不能这样往江里扔呀，真是的!"

"也许是发洪水把养猪场淹了……"

成骑麻也惊骇，一辈子在江上，从没看到过这么多死猪。他避开这些死猪，哪知死猪专往船边靠，就好像船舷有磁石一样。这种情况很奇怪，现在那些死猪向他直奔靠拢过来，以船为中心。勾老倌也在那儿咋咋呼呼，他也陷入了死猪的包围圈。碰到泡佬也是这样，有一次一个泡佬紧靠着成骑麻的船舷，用桨怎么也推不走。推开了又会流过来，甚至转几个旋还是到了他船边。这事不好解释，最好是捞起来埋到沙洲才完事，泡佬心里也是这么想的。

船从死猪阵里劈开一条缝往前划。一股恶臭弥漫在江面，苍蝇像蝗虫歇在死猪身上。桨杀过去，苍蝇轰地飞散，又向渔船和船上的人身上落下来。两片桨上都歇满了苍蝇。浪也越来越大，船一忽儿上了浪巅，一忽儿又跌进深渊。深渊是地狱的入口，是坟墓。那些妇女们此时不吭声了，脸色惨白，张着嘴闭着眼，好像被男人强奸一样。船体被浪和死猪撕扯得吱呀乱响，要散架一般。嘎嘎的声音不知从哪里发出的。妇女们不时一阵尖叫，像船翻了一样。妇女的叫声，苍蝇的叫声，勾老倌喝多了几近绝望的叫声，他还听见了自己手机的叫声。他来不及看。他的两支桨就是一船人的性命，弄不好就变成一船泡佬……

他本想叫妇女们帮忙扒死猪开路，但又没工具，还怕她们出舱一晃掉进江里。这种水呛一口就没命了。与这么多死猪争路，莫非是谁暗中害我？有一股沉郁悲凉之气从脑门透出。手机响莫非是史壳子的电话？又有死人？算了算了，不再有死人最好，不再有淹死的人，特别是今天。如果要淹死，就在这几条破旧的小渔船上……他不由往勾老倌的船那边看去，勾老倌在用桨猛劈着死猪，几个农妇伸出手来死死拽着勾老倌的腿，怕他晃进江里去。

成骑麻自己也感觉到力量渐渐没了，划了一辈子船的手臂，此刻蔫酸得像是断了，像是人说的中风，两只手麻杵杵的，抓不住这两支桨。真若是手臂一麻，脑出血，半边瘫，一切不都没有了吗？这些搭便船为省钱的妇女，不晓得我们是些风烛残年的老人？她们一点儿也不怜惜，哪儿知道，咱也有渐渐划不动的一天……

冲出了死猪阵，一身的汗水还是江水？绕过离岸不远的、还没被上涨的江水淹没的几个龟背沙渚，终于，船靠岸了。观音河入江的河口观音湾，芳草萋萋，沙滩洁白，许多游玩的、锻炼的人。根本没注意到一只小渔船从风浪里垂死挣扎一个多小时才到这儿。但买鱼的爹爹婆婆们早候在那里了，他们相信这江上的鱼。

吓掉三魂六魄的农妇们也终于缓过神来，争先恐后地往岸上跳，挽着篮子作鸟兽散。买鱼的人爬上船，揭开前舱板抢鱼，然后让成骑麻称。就扒堆了，此刻他到哪儿找秤去，不想找。先看手机，是儿媳打的，三个未接电话。好么，他要喘口气儿。他要歇歇。他瘫坐在船上，像从噩梦中刚醒过来一样，大汗淋漓，张着嘴怔怔地发呆。

他先把船划到河口上面去，那儿有些汊湾，水势平稳一些。他还想下一次钩，因为挂过小安的滚钩，有一些晦气，要靠鱼和江水来冲一下。

接儿媳的电话是要有忍耐心的，他有时接，有时不接。这个女人是成骑麻见过的最恶躁的女人，整天没完没了地骂人，当地叫噘人。儿媳是这一带的噘人工。当然喽，如果你老公跟另一个女人私奔了，你就算是千古淑女也坐不住，也会粗言秽语捅妈捣娘大闹一场。

长江在沉沉的汛水中奔腾翻滚。天气阴了，江水的轰隆声愈发响亮，加上这里寂静，整个长江都在耳朵里轰轰喧嚣。江水像是山里蹿出来的野种，用浊重的土语骂闹着，向岸边的苇丛和荒蓼卷去，就像是动荡的怪兽要踏平这些在浅水里挣扎的柔弱生命。那里有挂滚钩先就打好的桩子。他稳好船，看准流向，慢慢让船向东北方向荡去，将六十米的滚钩放入激流。当然可以不全放，留一些。这里因是河口，洄游的鱼群会向上游逆行，越急的水越有鱼前冲，鱼都是些拗脾气，大部分的鱼都是这种德性。

老伴本来是他的搭档。过去集体时不说，船是大船，人多。自己打鱼了，老伴划船，他下钩。有时也换个手。但老伴严重的类风湿关节炎，双手变形，抓不住桨了。在长江上与水搏斗是要身体的，成骑麻也强烈感到自己快结束这江里的营生了。但是，他不能放弃，为了生计。他想他得在风浪里生活，直到倒在船上，或者失足掉进江里，被江水吞噬，成为泡佬。常言说得对，会玩水的水上死，会玩刀的刀上亡嘛。这没有什么稀奇，这都是应该的。你一辈子在长江上耙耙捞捞的，都捞空了，你总得把自己填进去吧。

手上的滚钩顺着船舷一串串往水里溜下去。这不算什么。过去的滚钩那可是大征候了。几千米的干线都不算什么呀，村里的大渔船可以放到四五十米深的水域，一次放钩逮二三十头江猪子。想想那时夏秋捕捞江猪子的阵势，往往在风急浪高之时，它们会群体斗浪，排成一排，边斗浪边向空中喷出高高的水花。这就叫江猪子拜风。多么壮观的景象啊！这些黑漆漆的水下尤物，总是出现在大客轮和货轮的前面，它们斗浪拜风，玩水嬉戏，其实懂这个的才知道，这是江猪子在围猎鱼阵。它们什么鱼都吃。到了秋季，腊子开始向上游洄游时，江猪子一群几十头可以与上千斤的腊子对阵，并逮住它们。但是，这时候，真如老话说的，螳螂捕蝉，黄雀在后，鹬蚌相争，渔翁得利。捕捞队早就候在这儿了。只要江猪子开始围猎鱼阵，几条大马力的船顷刻出动，利剑出鞘，旌旗猎猎，立即分三层排开，下钩，下钩，下钩，三层的滚钩啊，一声令下，长城般的滚钩往江里滑去，铅坠、铁钩，沉闷地、激动人心地敲打着甲板……

“报告村长，前锋下钩完毕！”

“报告村长，中锋下钩完毕！”

“报告村长，尾锋下钩完毕！”

话音一落，整个江上就沸腾骚动起来，水里有大征候！几十头江猪子被围在了层层滚钩的歼灭中。悲惨的叫声从水里传来，江底下翻出鲜红的血水。滚钩被挣扎的水底怪兽扭成一团……鲜血泼红了江面……鱼群也被撞上了滚钩阵，鱼啊，猪啊……可怜的江猪子，肉特别嫩，就像豆腐一样的，挂上了容易挣脱，但挣扎时其他的钩就会像蚂蟥一样轰来，又挂上更多的钩；再挣脱，再挂上更密的钩……直至昏厥、疼死。一条江猪子拉上来，会有一百颗钩挂在它身上，千疮百孔，体无完肤。整个江面一片赤红，犹如点燃了满江夕阳大火。而水底下的肉屑会引来更多的鱼。再有几条船来下钩，在红水里捕捞，又会是大鱼满舱……这样的好日子啊，没有啦，结束啦……

说起来，腊子是长江里味最鲜的。但也是最腥的，兼有海鱼和江鱼的双腥，必须放很多辣椒，还要煮火锅趁热吃，否则冷后的腥味惨不忍闻让人反胃。但是，当捕到的腊子在船上立马宰杀，立马煮上一锅，那个鲜呀！打开酒瓶痛饮，船上清风袅袅，水上风平浪静。享受这搏斗后的大啖与宁静，难道不是渔民最幸福的时刻？……

就着保温杯里面的茶，吃了带上船来的两块米粑粑和一块腊鱼，加上一个咸蛋。没见儿媳再打电话来。而远处观音湾那儿，在正午又钻出的阳光下，已经出现了许多玩水的人。那儿总是很热闹，不管死多少人。而他和船这里，是一眼望不到边的滩洲，没有房舍，只有无边无际的芦苇和蒲草。整个长江被荒野包围着，仿佛你生活在很远的世界里，随波逐流。风扫过来的时候，呜呜的叫声是十分野蛮和放肆的。现在，虽然下了锚，船上因空无一物而颠簸得厉害。其他的几条船也都在这周围，没有走远。其实在这里，这一带游弋，这些老渔民不是为鱼，而是等待史壳子的召唤。说白了，打鱼是副业，捞尸才是主业。但今天，他感到肝一阵阵地疼，也许是与死猪搏斗后虚脱了，太阳也大，晒得人殃殃的。他治过三次血吸虫病。长江里有血吸虫，是一般人没想到的，以为只有湖区会有。殊不知，江滩的芦苇丛里，一样有血吸虫的宿主钉螺，有钉螺就有血吸虫的尾蚴。因为三峡建坝，下游水流相对平缓，长江多个故道成为了大放牧区，血吸虫正在蔓延为一种常见病。年轻时，吃副作用太大的吡嗪酮，对肝脏伤害很大，后来呋喃丙胺与敌百虫双吃。几次诊治，加上抽烟喝酒，他有了肝硬化的病。使得看上去脸色灰暗，脖子精瘦，眼珠发黄。好在，他收拾得整整齐齐，不像个病入膏肓的老人。

但是收这几十米的滚钩是个力气活。纲绳被水中的枯枝败叶缠成一团乱麻。他坐在船舱里，身子伏在船沿上，一边拉纲绳一边调整好船的平衡。好在这观音河口的回湾中，这天放下去，取了几条鱼。一条草鱼，一条很少见到的白鳝（江鳗），两条黄鲴；取下的黄鲴发出锯木头般的咯咕声。

手机的短信通知声响了。他赶快看，是儿媳发来的：

“你还要不要你孙子的？他读不成书了。”

这是什么意思？读不成书？他突然想去看看孙子小虎。小虎读一年级。究竟出了什么事？儿子有没有消息？是不是儿媳不想管孙子了？

他将船泊在观音滩边上，在那里扎好锚，就往不远的郊区义忠村赶去。通往郊区的公汽是这个城市的淘汰车，仿佛农民只配坐这种车。整个车体都是破旧的，无数次刮过涂料的，车里的座位更是糟糕，门快掉下来了，司机都是些上了年纪的瘦子。路当然不是行公汽的路，乡村的路窄，还破损严重。给颠得五昏六醒后，车到了，还得把麻木的双脚提起神来，去儿子承包的鱼塘那儿。

说起儿子成涛，算得是个倒霉货、灾麦子。他也曾是捕捞江猪子的好手，也曾经跟人贩过渔船，也曾去洪湖承包过养殖场，但不是被政府抓进去（如逃税）就是鱼塘翻塘。后来在义忠村教人养青鱼并在此找到现在的老婆。把别人的鱼塘转包过来，过上了几天安定的日子。他了解青鱼的习性，青鱼适合在沼泽地带生活，杂食性鱼类，以水底的螺蛳蚌壳为食。儿子与老婆盘下的塘是别人不愿承包且会亏本的水面。水草太多，塘底不平。但自从儿子包下水面后，就投放青鱼苗。别人是生长快速的喜头、鳙、鲶鱼、鳝鱼，他的青鱼三年才长一斤，三年基本饿肚子无收入，全靠成骑麻补贴。过了三年，成涛的青鱼一年长三斤，而且鱼脊青罡罡的，煞是好看。已经卖出几千斤了。八斤、十斤的青鱼卖到二十多元一斤，全是超市去腌制腊鱼的。眼看儿子的好日子来了，可是儿子拿着两万块应该买鱼苗的钱，与一个中老年妇女私奔了……

成骑麻在一个小卖部给孙子买了些果冻提着，走过一些修整较好的鱼塘与鱼棚，过一个荒凉的冈坡，就可以看到儿子承包的鱼塘。

儿媳不在，只有七岁的孙子小虎在鱼塘埂上奔跑，用一根响棍扑打那些吃鱼的鹭鸟，大喊大叫。鸟们拍打着翅膀飞进青蒿和苇丛。小家伙忙得热汗涔涔，书包放在门前地上，果真没去学校。

小家伙没有喊他。这个可爱的孙子与他不亲，是他故意这样的。自从孙子出现，他就没抱过他。一定不让孙子靠近自己。因为他捞了太多的死尸，双手不干净，不能把脏东西带给下辈。他无数次阻止过孙子的亲近，这样祖孙俩慢慢也就习惯了。但是，他的心里，会有孙子，而且只有他。

孙子接过果冻，他问，你妈干什么去了？孙子说拿着菜刀和砧板去学校了。

成骑麻二话没说拔腿就往学校跑。

学校就在观音河边。这里离观音河口并不远，几里地。这里曾经是“义善堂”购买的义冢之地，大大小小的义冢有五百多个。几乎全是成骑麻父亲他们在江河里捞上来在此埋的。这块义冢地在“文革”时改为义忠大队，后来叫义忠村。学大寨那会儿所有坟冢推平了，建了学校和良田。

不让上学这肯定是校长的报复？一定的。报复儿子拐去了他的老婆。可儿子是个好孩子，只是娇惯了一些，可能是老伴的责任。儿子当然是他所爱。当儿媳在电话里骂这人与一个半老徐娘私奔时，他也会附和骂儿子混蛋、嫖客、脏货、败家子。儿媳骂儿子是“牛鸡巴日的”时，他也会附和说是的是的是牛鸡巴日的。

在儿子上头还有两个姐姐一个哥哥。一个姐姐在船上玩耍时掉进长江淹死了，一个哥哥长得白白净净，一天半夜突然喊头疼，早上背到医院就断了气；前一天夜里听到有鬼魂喊这儿子的名字，不应还好，但这儿子应了，魂就被鬼撸走了。这个仅剩的儿子成涛，原是想，浮涛么，现在看来也真沉涛了。这么没出息让人指戳脊梁骨，不跟沉在涛里有什么两样？

观音河边的学校虽然小，但红旗飘飘，写着“再穷不能穷教育再苦不能苦孩子”什么的。操场里晒着菜籽，围一群人，老远就听见嘅人王的儿媳在骂人。挤进去，看到坐在地上的儿媳，赤着光脚，挥舞菜刀，猛剁砧板琅琅骂着校长：

“……你个牛鸡巴日的砍脑壳的囚儿苞子化生子半大坟茔满头长疮流脓滴水的老子不是好欺负的老子公安局有人中央党校有亲戚你个小学校长算个鸡巴卵子球杂毛算个什么官尿罐还是个矮趴尿罐狗日的婊子养的母猪下的捅你先人的捅你老娘捅你祖宗八代的……”

儿媳快气绝，那一长溜的话是不换气不打哽飞流直下三千尺的。看着她脸色煞白，校长却一脸被羞辱的潮红，搓着手说：“你捅，你捅，看你用、用什么东西捅？”

“老子拿棒槌捅拿船桨捅拿牛鸡巴捅拿拖拉机的摇把捅拿你校门口的红旗杆子捅拿夜壶捅拿我老公的大鸡巴捅！你老婆就是看我老公的鸡巴大你鸡巴小不能满足不止瘾不清汪鬼喊才去勾引他吵！你的老婆咋就这么贱咧？让我老公捅死她的肥屄捅

出大出血捅出尖锐湿疣淋病梅毒子宫脱垂宫颈糜烂子宫癌宫颈癌艾滋病成为臭屄骚屄烂屄豆腐屄泡佬屄大粪屄蛆虫屄……”

一边骂一边剁刀，剁刀的速度飞快，那刀上的寒光简直成了一条白线，根本看不到刀，就是江湖上说的一种神器。这矮校长哪还有还口之力，知识分子，只能相信君子动口不动手好男不跟女斗的古训，在那儿抓耳挠腮，不知如何是好。

“……老娘要嘓到你这个鸡巴校长投河喝剧毒农药敌敌畏对硫磷倍硫磷敌百威虫杀净内吸磷乐果白砒敌百虫杀虫脒杀螟松百草枯甲拌磷，要嘓到老娘我的儿子上小学中学中专大学专科本科博士留学美国英国法国意大利俄罗斯澳大利亚新西兰罗马尼亚菲律宾……”

“我、我还是那、那句话，你老公不把我老婆还来我就不让你小孩上学。我、我就是、是处分枪毙开除党籍也就、就是这个态度。”

“大家看哪，大家小心些哪！牛鸡巴日的校长好坏哪，全国的校长都不是好东西哪！跟小学生开房哪！”刀在砧板上急雨一样的响，木屑横飞。

“我干过什么坏、坏事你、你说说看，自己的老婆都跟别人跑了，人善被人欺，马、马善被人骑呀……”

“校长没一个鸡巴好的都是流氓坏蛋汉奸嫖客杂种打枪佬强奸犯！”

“你放心，你儿、儿子就是神童也放心好了，鄙人我不是同、同性恋，也没、没有变童癖……”

“卵筒屁？你校长有几筒屁你的屁臊臭像糊狗屁公猪屁瘟糟屁红苕屁豌豆屁冷嗝饿屁稀屎屁黄豆屁苞谷屁大蒜屁……”

“什么？屁？嘿！我说的是、是变童癖，是鸡奸！日、日屁眼的！”矮校长头上青筋暴暴地喊起来，“呃嘿嘿呀——”

校长突然捂着脸大哭起来，肩膀一抽一搐的好可怜。在场看热闹的乡亲先是在笑嘻嘻地看热闹，后被校长的哭声镇住了。听见他跺着脚仰天狂呼：“斯文扫地！斯文扫地呀！”

校长往他河边的教室跑去，嘭的一声，关上了那个摇摇欲坠的门。

唉，大家抱怨地看着这个还在剁砧板骂人的女人，低声嘀咕指责，又跑去想看看校长是不是想不开一绳子在梁上挂了？

还好，大家接着听到老婆被拐还被人破口大骂的校长，又化悲痛为力量，擦干眼泪领着学生朗读课本去了。

“……山青青，水青青，鸟儿鸣叫一声声。树青青，草青青，山茶朵朵笑盈盈。苗青青，田青青，春风春雨绿蒙蒙……”

“狗日的，你回不回来？把校长老婆送回来！”

他在往城里回去的路上，碣磕大怒地对着接通了电话却不说话的儿子大吼道。

“你让不让你儿子读书的？让他跟你一样游手好闲当二流子？”

到哪儿去找他呢？就在这个城市。这儿子好傻呀，怎么被一个大他二十岁的老妇给迷上了咧？这世界出了啥鬼？人会傻到这步田地？我成骑麻不会是这样的苕货让他遗传的吧？

他在水牛市的大街小巷瞎窜。他随便往那些破旧得不可再旧的巷子里走，在各个小店铺走。听说他拿卖青鱼的钱在这个城市里开了个小副食店。

“你有脸老子拿滚钩在江里等你！投水去吵！丢老子浮家祖宗八代的脸！”虽然巷子里人来车往嘈杂无比，他还是在电话里大骂。

“给你送钱来。”

是儿子短信。

“老子在解放公园。”

不管，先回了再说。

因为他已不知不觉走到了这个公园里。

这是一个没有管理的公园。有垃圾和杂草，还有野狗和蛙声。是老人们聚集玩耍的地方，特别是些心术不正的老头们聚集的地方。因为有了包括成家村的妇女，这里也会有中年男人来寻腥，当然啰，都是些引车卖浆之流，要不就是民工。看她们的年龄，穿着，也就在草丛里、荒墙下干上一梭子的水平。

都那个年纪了还来一条半露屁股的皮短裤，洒些酒精味太浓的香水，嘴里是臭的。至少在她们的前十年是不操这种皮肉生意的，是在太阳下田垄中摆弄农具和庄稼的安静规矩的农妇。但后来，哪一天，她们竟干上了这种活计。谁知道是怎么让她们某一天就拉下了脸皮，开了心窍，种上了那“一勺子地”呢？——村里还赖在土地上不走的老倌们就是这么说的：老子们每天汗湿水流一年上头种几亩地，没有她们种一勺子地赚钱。嗯哪，裆里的那一勺子地，到这个年纪了还能赚钱，这是谁发现的呢？

那些女的游荡在各个老头们下象棋、吹南风、扯闲白的地方。当然，她们中有认识成骑麻的会赶快藏避，不过也不要紧，都是公开的秘密，大家笑笑不说穿就是了。

他在门口等这个儿子，等得口干舌焦时，一个长得像个乞丐的半大小子在他面前晃动，来来去去。这孩子宽大的裤子上全是焊洞，手臂烫得鲜红，头发奓开像鸡毛掸子。

“你看我做什么？”他很奇怪。不是那些妇女派来揽生意的吧？又不像，是个劳动的小伙子，五金门窗店的学徒。

“您郎嘎是不是姓浮的麻爹？”那孩子就问了。

“啊？是啊，你是干什么的？”他很警觉，看着这个脏兮兮的小伙。

那孩子从兜里摸出几张一百元的钞票，就递了过来。“有个人要我将这钱给您郎嘎。”

“谁?”

“我不认识。”

“不认识会给钱你让你给我?”

“是呀。”

“这就蹊跷了，不认识你你不会拿钱跑了?”

“我哪敢哪，我的焊枪和手机还在他手里。”这孩子急得快哭起来。

“要他来！给钱的那个!”他听见自己的声音在自己的胸腔内嗡嗡直响。

“他欠您郎嘎的钱呀?”

“他欠我一百万!”

“那……”

“这个我收了……”成骑麻夺过那几张钞票就从中一撕两半，钞票还真难撕，加上激动，手有些发抖，但还是撕了。他没撕成碎片，他还是怜惜这钱，但他撕了。撕了就撕了，再塞回那孩子手里，“给他去，就说我与他两清了!”

他头也没回，走了，这时正好手机在腰里惊天动地地响起来，一定是狗日的儿子的电话，他才不会接。他准备永远不接这杂种的电话。他有一种决裂的畅快。他要同过去这些瘢瘢疖疖的东西一刀两断，要把生活中的一切像一团乱麻似的滚钩一样，扔进他娘的江里。心里谁不是一团麻瓤呀，谁不是缠得死死的？理不清的时候，你就切了丢了！他很轻松，大不了老子是个孤老，江里打鱼波上行，独往独来，风浪里了却一生，奔不动了，往江里一滚，成个泡佬，流哪埋哪，狗啃了也是自己的命。

可是，手机还是拼命地响起。二次。三次。四次。气呼呼地胀红了眼看一眼，不是儿子的，是史壳子的。接。

“麻老倌您郎嘎蛮大的味咧，来不来的？捞货。”

不说捞尸，说捞货。而且是——三个。

成骑麻条件反射地就往江边跑。

一切都别想了，气也没什么生的了，现在赶紧去捞尸。

观音湾江滩上一片恸哭之声。这种情况是经常遇到的。但从来没见过这么大片的哭声和那么多雨前蚂蚁般的人。怎么啦，当然是三个人。电话里史壳子简短地说了，三个大学生。也没想那多，正在气头上。大学生小学生都是死了，都要捞，而且中小学生居多，不会水。他也是在路上立马反应到脑中的，三个人，捞起来至少有近两千元进账。这事情很简单了。

爬上江堤，江滩上涌过来的痛哭声是那么年轻阔大，全是学生样的男男女女的哭，一层赶一层地从江里拍上来，那么大片的混乱和悲叫，就是绝望。许多人走到水边，许多人跺几脚水又会转来。恨不得扎进江底把人捞上来，可长江是不说话的，它太阴毒，把人吞了就吞了，可以吐出来，但那得等一会儿，等渔民来，等一万两千元到了史壳子手上。现在——至少现在的程序就是这样。人死了，就是这样见尸的。见了尸再哭上一会儿，拖走，成为火葬场的客户，再哭上一场，就是一撮灰了。不过成骑麻他们看不见了，他们还是在江上，干他们的活儿，冷冷清清的，没有哭声。但江上的风浪就像是永世的哭声，一波撵一波地囤积着人类的眼泪和悲伤。你如果长久待在船上，长久注视江面，你也会眼里含满悲伤。特别是当你老了，像成骑麻这样老了，像勾老倌虫老倌这样老了，酒精中毒，眼泡松弛，骨头锈蚀，生命的火挣扎着快完了。

唉，就像搓板路上颠来的哭，肝都要让你颠掉似的惨，不是亲人，是一群来这儿游玩野炊的大学生，是同学。三个活蹦乱跳的生命说没就没啦。你不能去迎着听那些哭，要屏住气，把自己的心先弄麻木，让哭声把心捶麻。就当这儿是整天哭哭啼啼的火葬场，也差不离了，死的人太多，这儿。可火葬场大多是顺路的老人，绝症的病人，拖久了，有心理准备。这儿，刚才分分钟生龙活虎谈笑风生的一个人，马上就不见了，拖上来，一具死尸。这无论怎样都让人接受不了。玩水嘛，就是找个乐子，身强力壮的，天不怕地不怕，身上的腱子肉像石头，不像老年人，黯淡无光，那些玩水的肉全是光芒，比太阳还亮。女伢子细皮嫩肉，引得小伙子们口水直流的，可要是死了，就是一堆臭肉。男的也是。

这儿，等死的人无法制止，趋之若鹜，就像梦游。这究竟是什么原因呢？成骑麻没想清楚，三天两头就是在这儿捞呀，捞呀，仿佛这儿是个传说中的聚尸盆。

只有成骑麻他们知道，这个河口，太凶险了，那河里冲来的暗流把沙滩前的水域淘空了，看似平静，白晃晃的细沙滩，芦苇摇曳，水鸟飞翔，阳光耀眼，风花雪月似的，流行歌曲似的。往浅水里几步，就是陡坎，水中悬崖，而且是大漩涡，一下子就把你拖住了，磁铁石一样的，你挣不脱，来不及喊叫就遭了灭顶之灾。水性好点的，加上运气，可以留条命，以后不去这儿了。水性不好或没水性的，就认命吧。有关部门在这儿好歹竖了块“观音湾，鬼门关。在此玩水，等于玩命”的牌了，可惜早已生锈且不明显，牌子还在坡上，远离水边，有谁顾及这些，见水就亲，人之常情，你又没救生员在此巡查，管得住谁呢？加上这儿风景绝佳。这个江滩有假象！

全是些大学生，全是。成骑麻往里面走，他要到他的渔船上去。那些狂呼乱喊的人把他都转晕了。他好歹看到了自己的船。在一个角落，但船上被人踏得脏乱了，翻得一塌糊涂，晾晒在篙子上的滚钩弄成一团乱麻。舱板竟被撬开，但里面他没放东西。他的长钩，这可是重要的工具，不见了。他要找到。

他还要找到史壳子。史壳子正向他跑来，还有旁边的船，两条。勾老倌向他打招呼。还有一些村里的人，虫老倌他们，都是老渔民。

人沉水了，他们咋没动静呢？船是没动，在等我？有几个每天玩水的冬泳队老倌子在水下捞着，好像时间不长，他们还有激情扎进水里。但成骑麻知道，这是徒劳的。没有人能捞上来且救活的。这江底下深坑漩涡，他们几个冬泳泡澡的老家伙能捞上来年轻人？不把自己小命搭进去了。有的已经失去了信心，光着上身坐在水边，一脸无奈的表情。史壳子的身边，围着一群学生，在说话，求情。甚至可以看到是学校老师，领导。那可是大学的老师，都撵着史壳子。他们神色凝重，束手无策。被拦住了，扯住了，交钱。钱不够，就是这么。史壳子这样一个瘦骨伶仃的人现在却这么重要，他代表生命救星。已经找了渔船，已经求了冬泳队的老倌子，最后到史壳子这里来了。

曾有几次冲动，成骑麻听到呼救就会驾船到达落水地点，赶快搭上一竿子，赶快下钩，捞上来兴许能来一口人工呼吸。过去有的救溺水者，一两个小时的也可以救活。这只是听说。

面对那么多急切的求情史壳子脸上的骨头毫无表情，两只眼睛空洞深陷，仿佛是个从水中爬出的饿死鬼。

老师模样的人正在把钱往史壳子手上递。史壳子收了却没动，因为钱没全部到位，他不发指令，成骑麻就不能发船。教授模样的人腰弯得很低，在说着，申诉着。要赶快捞人，已经有十多分钟了——从解放公园出来的时间也就这么多，也许更长一点。看来是生还无望了，再急也急不出个什么来。一个人在水里顶多就是五分钟，脑子进了水，再怎么高级的医疗设备也没用了。

“不会少一分钱，我们是国家的大学，我以一个大学教授的名义向你保证，我把身份证压你这儿行不行？”果然是教授，快哭起来。

凑的钱不到四千块，肯定是这个数，捞一个的押金四千块没凑齐史壳子都不开工，何况是三个。三个三万六，至少先交一万二，一个的钱。这学校里的事史壳子好像要求先交全款，不少一分。这大的学校，收学生的学费那么狠，万人恨的，出这大的事，他们一定不会吝惜钱。这里他史壳子独家经营，他是有执照的，他不怕什么，说话硬。他毒瘾发了揍他爹的人，他还讲感情？他就是个畜生你把他咋样？那么多鬼在他家的屋顶上坐着，他还要个什么人味咧？

唉，哭号的人呀。江滩还有野火。这样欢天喜地的野炊是怎么变成悲剧的？一大堆女孩，女大学生，你搀我，我扶你，都哭晕了。原来是一个女同学在江边涉水玩耍掉下去了，那些学生手牵手去拉，拉起来女的，互牵着的手一松，全掉下去了，大伙帮救，三个男伢没救上来……江水荒芜无边，怎样喊也没人应了。

“……我们的会计在取钱的路上，史老板你要知道，是单位，取钱要审批要有很多程序，我们不会少你一分钱的。请赶快出船，多一分钟多一分希望……”

“活总有多少?”成骑麻过去低声问史壳子。

“……反正不够，那我不敢开工，捞起来你们跑了找哪个?大学的门我都不能进。”

史壳子已经被人拉扯昏了，说话时没看成骑麻，也许他根本不是在跟成骑麻说话。他在那儿虽然昏了头，袖子都快扯破，但就是不让步。那些人，学生老师们、市民们，其实忍着，恨不得铲这瘦猴几巴掌，把他扔进江里去。但是，还是得让着他。

“我们公司没有多叫。全国都是这个价……”史壳子叼着烟摊着手说。很多人给他上烟。他手上的烟快拿不下了，不拿了。他被人挤得歪歪倒倒，站稳后还是被人暗中下了手脚，不是推他，也是推他。这么多活着的学生伢，生龙活虎的，不能捏死你吗?

“老板坚持说钱不到位不捞，大家再凑凑钱啊！各位在场的朋友们，各位大哥大姐叔叔伯伯阿姨们！谢谢你们的大恩大德！……”一个学生模样的小伙子在那里哭喊。

又一轮凑钱在人堆里展开。人们把身上的钱递到几个学生手里，十块五块的，也有百块的。钢镚子也拿出来了。

那些捐来的钱堆在沙滩上，几个学生清点，然后迅速交到了史壳子手上。那有几个钱呀，估计不到一千块钱。都没有啦，学生手上有几个钱，想拿出来的也都拿出来了，不想拿出来的就走开了。离史壳子的要求差得很远。大家都在看着史壳子这个人，可史壳子依然摇着头，很难办的样子。

“求求大哥啦，赶快呀！先救人行不行呀！”“都有二十分钟啦！……”各种求情的话此起彼伏，嘈嘈切切。

“不是我不捞，我是不赊账的，公司的规矩。”史壳子依然这样讲。

这时那个收钱的大学生突然大声吼叫道：“喂，你这老板铁石心肠啊！究竟有没有一点同情心？钱全给你了，不能见死不救呀！”

这学生伢头上青筋暴暴，就像一头发了疯的斗牛，满脸愤恨，牙齿外露，眼睛里喷着血海深仇的大火，要跟史壳子拼命似的。气啊，不是他一个人，是在场的所有人。

这下，火点燃了，一个人领头，大伙就不怕了，刚才的求情一下子变成了谴责和痛斥。人群开始骚动并起哄，詈骂，情况急转直下，史壳子招架不住，即将被在场人们的唾沫淹没掉。

“你们没一点良心？你们是农民吗？”

“你们咋这么无情，你们的良心被狗啃了？”

“……你们成家村出婊子，这下要敲诈死人，你们咋这么坏呀！”

史壳子反正是临危不乱，死猪不怕开水烫，成骑麻、勾老倌他们全都来了，静候消息和指令。在场的人也知道了他们大约就是这些船上准备捞尸的渔民，用眼睛向他们求救。但成骑麻能说什么？勾老倌能说什么？几个老倌你看我，我望你，还是要等史壳子发话。

史壳子嘶声哑气地争辩，解释，一副天大委屈模样，不退让。剑拔弩张，乱云飞渡。那个小伙子几乎是抡着拳头想要揍人，眼前有石头他也会擂上一拳。

这时候，就见几个女大学生挤上前来，显然是商量好了的，推开那个小伙子，一起向史壳子跪下了。

领头是一个浑身湿漉漉的女孩，是掉进江里的那个，为救她丢了三条性命的那个。这女孩已经浑身瘫软，被人扶着的，身上发抖如筛糠，脸色像扑了漂白粉一样，嘴唇青紫，一个从冰棺里拖出来的女鬼，她的魂才从江里回来了一半。扶她的人都扶不住了，应该送医院去呀。

可这一跪，太突然，把现场的人全弄愣了。看到这群大学生们的遭孽相，看热闹的市民也出于同情，跟着跪下了。一忽儿，几十个人就像被风割倒似的，齐刷刷地全跪下了。

好吓人的场面。哪会一下子沉到江里这么多学生伢呢？也有，很多年前，一辆去武汉的大客车，在轮渡码头因为刹车失灵，滑进江里，死了五十多个。但那时候，一声令下，都去救人，也没有想过什么报酬。

现在这阵势真的太突然，让成骑麻的心一下子揪起来，心扯得疼了。这是些什么人哪，给他史壳子下跪的，全是光鲜亮堂的大学生伢子。你史壳子就接受人家的求情，让我们去下钩捞吧。再者，捞人的又不是你，你又不会捞。

他不点头，那么多的头就在地上叩着，一片咚咚声。

史壳子先是被这阵势吓傻了，没有反应，后来回过神还是没反应。大家不起来，看他如何结局。他在等钱来。问题是大家都心存一线希望，死马当活马医，说不定水下的三个伢们能躲过一劫有活过来的。这三个水下的学生伢，跟眼前这些可怜兮兮的学生伢一样吧，年轻，红润，牛仔裤，打得死老虎的身体。想想一个大学生多不容易啊，虽然这水牛市的大学不是名牌大学，但一个农村家庭能出一个大学生该多难，总是荣耀的事。儿子成涛当年死不读书，高考时才打了二百分不到，什么学校也没有读的，一些邪乎的野鸡学校倒发来了入学通知书，那全是骗钱的。再者现在家里大多一个伢儿，独生子女，这一下，三个伢儿家里还不知道伢早已人不在了，沉到江里没起来，如果知道，天不会塌掉呀。唉，再怎么，就凭这也要去捞上一把，都是有儿有女的人，都是做父母的。过去听父亲常说起“义善堂”，只要听到江边有人落水——有呼喊或者铜锣为号，他和乡亲是要立马划船过来下钩捞人的，分秒必争的事，虽说父亲一生钩上来活着的只会有一两个，但如是游泳的、投江的、或者冬季不慎落水的，会救起活人。渔民跳下水去救人天经地义，没什么大不了的。都是江边生长的“水鸭子”，水性好，不过是搭一手的事，伸一根竹篙，或一个猛子扎下去，摸上来。早些年，救起过的人还提了礼盒去看他成骑麻。有一个当年是小学生，现在成水牛市大学的教授了，也不知道这些伢们是不是他学生。当时是“文革”，学生乡下支农，回来在江边洗澡，沉水了。不用滚钩，跳进江里直接从江底拎上来，先抽几个嘴巴，倒提起，打屁股，肚子里的水就哗哗吐出来了，然后再打脸，几巴掌下去，就会哇哇醒来。这事既不评劳模，也不奖现金，跟没有发生一样。

他的父亲在“义善堂”，捞过的泡佬少说有几百，也全是他亲手埋的。义忠村的义冢，水牛市的商人买了捐给堂里，抗战时，一个商人就捐了五百口棺材，江上泡佬太多，全是鬼子炸三峡洋船死的人，还全是缺胳膊断腿的，都流到这里就不走了。想是这儿有个大回水湾吧，也可能知道这儿有个“义善堂”，这里的人会让他们入土为安的……

成骑麻突然想到这些，也很难过。就在这时，那个被救起的女大学生忽然爬起来，大声哭着喊：“我不想活了！不想活了!”只见她扒开人群就向水边飞跑而去，鞋子都没啦。她是想投江自尽！反应过来的学生们慌忙跟着跑去，死死拉拽住了她。这一下，现场大乱了。人肯定是拉得住的，人倒在了沙滩，人休克了。

“这样吧活总，发船了我们捞，捞上来不付完可以不交人嘛。”成骑麻只能这样说，想了这样一个点子给史壳子。他是想为自己也为史壳子解套。这个办法肯定行，你得先脱身呀。再是，应该捞了，说不过去了，钱大家凑了，钱多钱少救人要紧，人家已经表态不会差你一分钱。成骑麻心里急得疼，他看史壳子还在犹豫，勾老倌也说这行，这行的，他跟勾老倌使了个眼色，马上拉着史壳子就走，并且向大家说：“去救！去救!”捞就是救。赶紧开船!

史壳子是被成骑麻扯上船的，成骑麻还有这把力气。甚至在扯他时手上暗使了一把劲，拧他一手，让他痛痛，恨这人哩！哑巴三水也上了他的船，哑巴三水是个老单身汉。上船就成了。成骑麻在船上待惯了，一上船心就放下了，岸上他最忐忑。

船上到处是沙子，是人践踏的。但缆绳是解不开的，他上了锁。

与哑巴三水一起解开缆绳。哑巴三水上了船就哇喇哇喇地示意，指着江里，又指着成骑麻好不容易找回的长钩。指着岸上那些黑鸦鸦的大喊大哭的大学生，又竖起大拇指。又双手往外摊，好像是催督。按老规矩哑巴三水划船，去了船尾。史壳子在舱里点钱打电话。船一离岸，真的就安静了。现在，岸上的那些人，眼巴巴地望着他们，恨不得一钩子下去钩出个人来。这时，勾老倌和虫老倌他们的船划过来并在了一起，勾老倌过来代表史壳子提着黑塑料袋给大家分烟，先是一人两包，黄鹤楼的，不便宜。只在有尸捞的时候才能抽上好烟。然后每人一条毛巾，还有一双布鞋，不是很好。这也是必须有的仪式。成家村死了人，你当八大锤——抬尸的八大金刚，一人一条毛巾一双布鞋掖在腰里，是提阳气驱邪的，习俗如此。当然，也有家境好的，发旅游鞋。

勾老倌发这些的时候还提着酒瓶咪着酒，一有死尸捞他就兴奋。他的船上也两个人，与虫老倌。另外一条船是从邻村调的。那老倌唠叨着说，一个的钱都没凑齐，活总你该不会扣我们的工钱吧？史壳子对他说："放心。钱都在这里，他们给我多少，我给你们的不会少。"得到承诺的老倌子高兴得呲出没牙的牙床笑了，同时用桨梆梆地敲了几下船舷。

现在，成骑麻要指挥船划向哪里，捞尸他是指挥。一个老村长指挥过百条船，经验在这里。他闻了闻江上的气味，也大致知道那三个学生伢沉在哪个位置。这是一种本能，也是两代人的经验练就的。成骑麻叫哑巴三水往东南方划，也就八九不离十。那里一个大龟背似的沙渚，在不远的江中，朝北约五米，朝西约十多米，江底就是一个越淘越深的深坑大漩涡，观音河口的暗流就是在这一块汇聚的，但江面上风平浪静。遇上退水，许多人还可以涉水爬上那个沙渚小岛，很多人死在这儿。没有人死的时候，这里鱼也很多，成骑麻谙熟这里的一切。

他坐在船头先理滚钩，舱里史壳子在捋平一张白纸。那分明是一张欠条。

“他们打了欠条的？”他这么问。

“嗯。”

反正到手了是一大沓钱，拿渔民的话说，这次史壳子“起了篓子”。你看嘛，船与网和滚钩和人都不是他的，他就是几句话的谈判，揽活儿。死人是急事，急事最能赚钱，说多少人家也给。可是也有的死了，出不起这个钱。有个来水牛市打工的夫妻，儿子玩水淹死了，找史壳子，只愿出一千元，史壳子没干。人家夫妻两个硬是在江边坐了三天，等他们的儿子浮起来。这种事有几次了。还有一次，最神奇的，也是没钱捞的一家，晚上在江边烧纸点蜡烛，死者的几个朋友边烧边喊死者的名字，就听江面“嗵”的一下，死者从江中钻出来了，出现在他们脚下。这事儿传出后，有些没钱的溺水者家属就这么烧纸喊尸回。

成骑麻先把一根长长的竹篙插进江中，有个铁尖，可以承受一定的拉力，滚钩的主纲系在上面，本来若打大鱼还应在旁边插一根消息棍，捞人就不要了——这相当于钓鱼线上的浮子，一根竹篙只要装上响铃就可以了。然后下滚钩。他是第一层。勾老倌他们在另外的水域下。

叮叮啷啷的滚钩随铅坠子和石头坠子溜入江水里，这一排帘子似的大钩，一旦有东西挂上，所有的钩就往一堆跑，最后是，死尸上来，跟鱼一样，满身是钩。如果这人没有死，只是昏迷的话，这一身钩子只会让他越缠越紧，疼死为止。好在，这种情况不可能，人死了就死了，不可能把他钩活。但，江底下的事情，谁能说得清楚呢？人啊，认命吧。

天气有些不对劲，但凡死人的时候江上总是阴沉沉的，风也惨呜呜地刮。老天有感应。不知道哪儿发出断裂的吱吱声。整个江面在咔咔作响，仿佛江水是一块要破裂的大玻璃。哪儿还在呜咽不停。不是在岸上。灰黄的江面上汛水急遽往东注泻而去。他让哑巴三水稳住，哑巴三水的手脚太笨，使得船两边摇晃，被浪打横，好像船快翻一样。只要下滚钩，船边就会出现大群的江鸥，凄厉地喊叫飞舞。今天有点特别，它们发疯一样地翻卷，贴着波浪，好像被烫伤一样。尖叫着俯冲，又尖叫着离开，扁身飞上铅灰色的天空。

成骑麻是匍匐在船头下钩的，他不能长久地坐着，再者他年纪大了，也不能蹲，更不能站，渔船太小，也就四五米长，不到一米五宽。边放钩边退。这很容易，哑巴三水基本把桨别在水里，划几下，坐在后头，毫无表情地张着哑嘴看成骑麻下钩、指挥。成骑麻做事时要含支烟，不抽，湿了，但要含着。舱里的史壳子依然自个数钱、掏荷包，反反复复，并没管成骑麻干什么。有时候他会伸出脑袋来掸下烟灰。

随着滚钩下去，岸离船就远了。趴在船头往岸边看，所有的人影和建筑，都在波涛上起伏，世界都像在一张颠簸的木筏子上面。他也不能趴太久，终于快速地把滚钩下完了，感到胸口堵得慌。肘子撑起来慢慢坐下，史壳子给他丢来了一支烟，没接住，滚进了江里。

他这里是第一道钩帘，勾老倌的是第二道，邻村的船是第三道。其实，甭看江水湍急，在哪儿沉的，基本不会流很远，都在这几个“窝子”里，只有渔民知道。只要在这一带淹死的人，是跑不了的。也偶有无缘无故捞不上的，一下子就流走了，这就要退还至少一半的钱。

他手上的纲绳缠在臂上，过去在手掌攥着就行了，现在，臂上缠两圈还是沉。他在自己兜里掏出一支烟点燃，抽了一口，喘口气。

“有没有啊麻老倌？”史壳子这样问。

手上的纲绳一抖一抖的。船尾的哑巴三水也哇哇地叫，手指着他和水。哑巴三水瞎咋呼，每次都这样，每次捞尸都见了很多鬼一样的，东指西戳让人心生寒意，下次干脆找虫老倌。

他懒得回答。水下钩到了什么只有他清楚。看起来很沉，铃铛还响一两下，那是水的流速拖曳的。那么多的绳子，坠砣，都是挡水的阻力。拉滚钩要一把力气，因为靠着水的抖动要能感知水下的动静，还有就是要靠这股力在水下找目标，手臂要时常运动，就像钓鱼，要不时拖一下钩线。这也是凭感觉。

坐在船上，天地昏暗无边，如丧考妣。水天的交界处有一道浅蓝的罅缝，好像老天开了一道门，闪着些断断续续的光。乌云低垂凝滞，是什么时候没有太阳的？如果早上没了太阳，这群大学生伢就不会跑出来找死了。真是找死啊！多少地方可以玩，为何偏爱这个鬼门关呢？……那个女大学生是不是鬼来引生的？把这三个同学引走了……他死死拽着纲绳。这绳子过去是用麻自己搓的，也有买的，白棕绳，船民叫马尼拉绳，要每年用猪血浸泡再晒六月的红火大太阳。后来就是这尼龙绳了，结实，但粗暴，勒得人手臂生疼，水急时会勒出血痕来。

如果你是拉凶狠暴怒的大鱼，腊子和江猪子，或者赶上鱼汛，几个人合手也拉得你气喘吁吁，手臂上如刀划一样。

这么抽了一支烟，歇息了片刻，江中的竹篙响了。是水面上传来的响铃，声音很沉闷，细小，有一下没一下的，且有规律。这就是挂上死人了！若是大鱼或者江猪子或者腊子，响铃是天翻地覆地闹，嘈杂急促，混乱狂躁。一个人死了，他就静下来了。在水底呛水的挣扎是往死里走的，定是最痛苦最狂乱的。那是与人的世界诀别，是外力让你必须死去，不管你多年轻多漂亮多有才，你不会水你就得死，你水性差你也是死。水是欺负人的。但他问过那个被救的教授，沉到水里是什么感受，教授说，乱抓乱挠冲出来两次，想喊救命，但水马上呛住了，再没冲出来，喝了多少水失去知觉不记得了，就这么，醒来发现又活了，没什么痛苦呀，死很糊涂的。也许他说的有道理，死不是一件难事，几分钟，稀里糊涂，魂就走了。

“来了。”他说。只有自己听见。他马上迅速地收绳。雨点开始砸船。江面上也有雨雾笼罩。这是哭，老天在哭。是有了。人上钩了。水下的人只能如此。雨打在脸上，他以为是浪的飞沫，抬头一看，是雨。他船头跪着，挥手要哑巴三水稳住船，向上游划。他要收钩了。史壳子也看到成骑麻人跪下，这稳当些，不是向泡佬磕头。但成骑麻总是这样，拉死尸时总是跪下的。脚桩子稳当是一回事，也许有对死者尊重的成分吧。

反正，他这样才顺手地收好滚钩按顺序放在一边，人不至于晃下水去，匍匐着是使不上劲的。史壳子来拉，他不让，示意他回舱里去，碍手碍脚的让他还拉不好了。再者你史壳子好逸恶劳，什么时候在船上干过，你晓得滚钩是怎么收的？

滚钩不能乱放，收一点圈一点。手上的重量越来越沉，就像挂住了水底的石头。这有戏了。但可以拉动。死者喝了一肚子的水，会比平时沉。但因为是在水中，你一拉动，就会顺水往上漂。你得顺势拉，不比鱼。鱼你得对着干，鱼也有时跟渔民比智慧。在水里怎么拉活物死物，是有很多技巧的，全凭手感。稳住船。拉出来的滚钩大多缠在一起，回去得慢慢理，到对岸芦苇滩安静地理。但今天缠得格外乱，是不是这孩子被挂住时清醒了，拼命挣扎了？唉，不可能不可能。只是有点怪。也许是水大了吧。还收上了两条鱼。他娘的，为什么这鱼也来凑热闹呢？不是挂你们的。烦，还是把鱼扔舱里了。是一条鮰鱼一条小青鱼。看见青鱼想到不争气的儿子和不让上学的孙子。不该想的，此时。

拉到了一具尸体。是个小伙子。拉出水面时尸体会像鱼一样往前蹿，像要游走一样。拉过来，他先用那个竹长钩钩住他的衣裳，再慢慢拉。是条壮汉，成人了，手脚粗大，头发漆黑。但此时的脸，不叫脸了，已经比他自己的白T恤更白，简直像硫黄熏过、甲醛水泡过的笋子和藕带，也比往常大了一圈。他身上挂着一大堆滚钩，可怜的死鬼都是这样，你看身上全是，滚钩把他包裹住了，全是钩，后脑勺子上也是，手上腿上。先用手指朝死者的手上敲一下。手哪是手，就是水里发泡了的馒头。难怪叫泡佬的。好漂亮的一个儿子伢，五官端正，他有没有女朋友？他大学是不是快毕业了？家在哪里？父母看见了不要哭昏死吗？……

死尸是不能弄到船上来的，只能在水里摘钩。岸上看到了人。岸上有骚动，有喊。但成骑麻得慢慢来，一只只摘钩。这摘钩的活计是很难的，要小心翼翼。因为，再怎么不是鱼，是人。是人，就有一种天然的敬畏。好歹是条生命，而且还是热的，仿佛吧。冷了，也感觉还是热的。是介乎于死和生之间的一种东西。如果拖到医院，拖到火葬场，那就是真正的死了。在成骑麻这里，还得有个过渡，让家人、亲人、朋友去哭，去抚，最后认定是死了。

成骑麻摘钩时听到史壳子在接电话说“是个穿白 T 恤的”。一万二到手了，史壳子的声音晴朗正确了。声音里有稳当当的底气。

要用绳子先绑住死者的臂膀，先拴在船舷边的立柱上，再绑死者的腿，一只膀一只腿，这样绑好了系在船桩上，以免钩没了被江水冲走。这是先后顺序。水很急，拽住死者捆绑，他一个人做，不要谁掺和。今天格外吃力，四肢酸软，走了太多的路，还对不见面的儿子发了一通虚火，耗去了全部体力。人老了，也就这么点气力，用一点少一点。

唉，缠成这样，莫非真的在水底还活过来了？年轻人生命力旺盛也说不定呢。他细心地摘，不要让肉拉出来，这伢子身体上的肉劲鼓鼓的。可咋就是不会水呢？未必是山里人？

史壳子在看他。也在看岸上。电话里又在吵架。还给勾老倌打电话："勾老倌你那边有没有？"

钩取完了，哑巴三水把船往岸边划，是史壳子要他划的。但又要他停了下来。史壳子对成骑麻说："钱不交完我们不交人。"

他回答了"嗯"。这是他们的事，我成骑麻是将人打捞上来了，我要告诉岸上的人，他就站起来想呼口气，手上拽着绳子，当然牵着的是三个大学生中的一个。腰好半天直不起来，汗水滚滚地从额头上冒出，人太虚了。

大概船划到离岸不过十多米远的地方就停住了。岸上的人群往水边挤，还可以看到有救护车，有穿白大褂的人，有担架，还似乎有武警，还有摄像机。有人狂喊乱叫"快！快！"，有人涉进水里，招着手，是准备抬人的，不是尸。现在这个溺水者，岸上的他们希望是可以复活的人。

成骑麻就这样了，船停了，也就跟岸上的造成了对峙。其实来那么些救护车和医生啥用啊，谁能在水里半个多小时还活着，除非他是神仙。摘钩时他总是要试试溺水者的皮肤，嘴，摸摸胸口，是不是还能在身上感受一丝热气，有没有人工呼吸的必要。这个他都懂。有的是可以的，有的就不行了，譬如这个绑在船边的学生。有到火葬时突然醒的，乡下有停尸两天后醒的；还有听到过棺材里传来的呼救声，刨开坟打开棺有死人乱抓乱挠的痕迹。但对于这些岸上的人，笃信争分夺秒是能抢救生命的。岸上还有学校的教授领导，出了这大的安全事故他们不好向死者父母交差，坐牢也有可能。所以也在拼命跳脚声嘶力竭地喊快给人他们去医院。救护车的笛声都拉起来了，车发动了，捞尸的船却不交人。这是哪门子事啊！

成骑麻不能淡定了，因为岸上在沸腾，看见人了，却不靠岸，等钱哩。他忙问史壳子，怎么样？史壳子摇头摇手还是示意不行。

雨很小，就像无一样。等得焦急的人变成了愤怒的潮水。他们挥舞拳头，已经有人跳进水里了，要来抢尸的样子。史壳子让哑巴三水把船稳住甚至后退。这一下，更加激怒了岸边的人们。有学生抠出沙坨掷向渔船，有一坨差点砸到成骑麻了。是他拉着死人绑手的绳子，史壳子拉着绑脚的绳子站在他身后。他当然首先中“枪”。这让他有点恼火。我不过是个捞尸的，又不干我什么事，砸我啊？你要砸砸我后头的那个瘦猴子。他伸出手挡着砸向他的沙子，示意不要这样，他的意思也有“一手钱，一手货”的硬理由吧。我不维护他我的工钱就没有。

“把人给我们！给我们送医院！……”

“要钱去死的呀！你们这些农民！……”

“你们没有伢子的呀！心好狠呀！……”

无法阻挡岸上的人向这条船、这条可恶的大江挥拳，向这些渔民叫骂。斥责、呼喊，乱成一锅粥。而没捞上人的两条船在成骑麻他们船后远远地躲着，让成骑麻成为了人们发泄的对象，众矢之的。似乎不能靠岸了，否则会被愤怒的人群撕碎。他拉着绳子蹲下来，他不知道究竟应该怎么办。那只拖拽尸体的手在颤动，是水的流动扯着尸体往后头挣，好像这死伢要活过来了要挣脱他的绳子，他听见了岸上的同学们的喊唤声。

他有些害怕，突然。老啦，手上全是弯曲的关节。老年斑。肝疼。寿眉太长，让眼前总像有草渣阻挡。这事儿本来嘛，捞尸就是“义行”，三百六十行之外的一行。人淹死了，他捞上来，面对的却是恨他的人。难道不是他捞上来的吗？捞尸容易吗？茫茫大江里你在水底捞个东西看？七十岁的老人，在这急流凶险的大江里，驾着一条摇摇晃晃的小船，到处下钩，图个什么呢？钱，我又能得多少钱？得个零头。不是我们你永远也捞不到的。你打 110，你报警，警察来了有啥办法？不一样通知我们来捞？

风吹得人一阵冷似一阵，他不能回舱里。史壳子把绳子交给他一个人拽着，回舱中用电话与人谈判。那个被波浪颠簸在水里的大学生露出个后脑勺，手臂绑着，手垂着，小腿绑着，脚翘着，在水里漂荡。身子也是，衣服、脚、裤子、鞋子，就像浮渣了。就这样即使是活的也憋死了，他的脸伏在水里，男人在水里死时就是这样的，翻过来他还会覆过去。周围不知怎么有这么多水葫芦，是上游流来的。绑着的伢子藏在水葫芦里。

成骑麻像棵芦苇又站起来，他好想抽一支烟。但他的船，他们一起的几条船，就这样信马由缰地飘荡在江里，像没人管似的，失了方向，被人唾弃。史壳子呀史壳子，你太那个了。哑巴三水也着急，隔着船篷给成骑麻手舞足蹈地无声“说话”，意思是把死人交了算了。他的蓬乱的白发也在手舞足蹈。

就这几个白发渔人，白发在江里讨生活的老倌子，就像他们的船一样老朽破旧了。手腕都拽不住一具水里的死尸——死尸的力气比这些活人还大。就是这么，他们还要捞着。这究竟是为啥呢?

总算看到史壳子枯瘦的手有了手势，是往岸边去的。哑巴三水一下子来了劲，两下就冲向岸边，下了狠劲。一个浪涌反向打过来，船就冲上了沙滩。一眨眼工夫，手上的绳子被抢走，水里的人也被七手八脚弄上了岸。一呼啦过去，人抬上了救护车，不见了，沙滩上留下一条湿漉漉的印迹。而史壳子下了船，有个女的把带来的所有的钱给了他。成骑麻看见史壳子没有做声，是一大扎新钱，刚从银行取出来的。那个女的（大约是会计）脸上的汗直往下滚。但好像钱数不对，史壳子还是在与他们说什么，双方争得很激烈。

有学生爬上他的船，钻进舱里去船尾看，说是不是有另外捞起来偷偷吊在船尾要价的？

“没有的，没有的。”他说。

“还有两个，快去救呀！……”学生说。

钱被史壳子装进了包里回来，却闷闷不乐，挥手让成骑麻他们去捞。

天色晚了。云彩在震动。江水浑黄得令人头皮发炸。他们饥肠辘辘。还没有吃中饭呢。谁都把吃饭这事给忘了。史壳子不知到哪儿去了，或者在勾老倌他们船上？成骑麻懒得想。第二次下钩，要远一些，他知道第二次应该在哪儿下钩。

江上起了小小的雾。他在想在解放公园那被他撕去的几百元钱。他是为了钱吗？是，也不是。他是个有脾性的人，可现在一切变了。他这样辛苦的老人倒成了那么多人的对立面。这事让人恨是因为他成骑麻吗？我一天水米不沾。

硬撑着，下了钩，守着，晚来风浪急。江鸥也因为饥饿一群群在天空发出愤怒的唳叫，并且俯冲向渔船，啄食他们的船篷。总不能把我吃了吧？我已是前胸贴到后背脊了。岸边上点起了星星点点的烛光。人依然黑压压的一片。声音从水面上传来，异常古怪妖娆，好像有一群水鬼在水里讲话。再怎么捞起来也没用了，你们等什么呢？都没有吃饭，今天这观音湾可聚集着几百上千的饿肚人。

木棍没一点响动。他想睡一觉，眼皮沉重，支持不住了。果然，他躺在船板上就睡着了。好像是入了雪窟。有人和兽走动。儿子变成了被铁链锁着的老虎。死去的三个大学生从水里爬起来，向空中投篮。孙子是一只嗷嗷待哺的小狼。都一律地有獠牙。大学生也有。江面上出现了巨大的腊子鱼群和江猪子群……他站在村里的一条大渔船上，指挥大伙展开血腥的捕杀……突然他因为摇晃掉入了冰凉的江中……

听见很嘈杂的声音，把他从寒冷的梦中吵醒了。哑巴三水在嚷嚷。原来，勾老倌他们的船靠岸了。史壳子还在谈尾款付清的事——又有一个学生捞上来了。另外一个，没付清钱又不捞了。

这样成骑麻在江中等待。等滚钩上的消息，等勾老倌他们再下钩。

成骑麻身心全疲，他坐在船头。岸上是史壳子与学校的人交锋的声音，但听不清楚说的是啥，声音很大，通过水面会传得很远。不知过了多大一会，勾老倌他们的船又划出来了。往下第三钩的地方去。

成骑麻抽完了半包烟，得到史壳子的电话：另一条船，捞到了第三具。岸上又是一阵骚动。可以收工了！

交了尸，收了钱，一切都结束了。那就赶快收了滚钩回家。史壳子不是最重要的，回家吃饭，睡觉最重要。当然回去还得给老伴说说孙子、儿子的事。

江水哗哗地拍打着船舷，发出空荡荡的噼啪声。他说干就干，收纲收钩。钩上挂了些浪渣和水葫芦，什么也没有。钩还很顺。钩是自己的，要好好收回，放好，在舱里锁好。特别是，要买纸来烧，又挂了死人的。

可是他感觉哪里不对，他收了史壳子的钱后。史壳子坐别人的船溜了。观音湾沙滩上的人不仅没散去，却越来越多。他揣着工钱，还有一瓶酒。还有两包香烟。听说是史壳子找校方索要的两条黄鹤楼，他分到了两包。为什么江滩上的人越聚越多呢？气氛不大对。看水面上，又流来了一批死猪和杂物。这夜晚的江面好诡异。江滩上，点起的蜡烛好多，像是野地里的鬼火。怪呀。敢情全市都知道这事儿了？

他把船泊在江中那个龟背样的沙渚旁让人看不见。苍白的月亮很低地划过江面，鬼鬼祟祟。这些年的月亮都是这个样子。风在江上疾走，听得见簌簌的摩擦声。岸一直在晃动，没有停息。一些萤火虫贴着水面飞行，明明灭灭，就像江上众多的游魂。在江边一处旷寂地，听见了那里传来的低沉的乐器声。他年轻时玩过笛子和箫，搞过宣传队，知道这是萨克斯。一个人影黑魆魆的，像个大烟斗蹲在水边，吹的是《化蝶》，那萨克斯管声像雾一样在江面上流淌。听着听着想起了成小安夫妇。又吹《回家》。成骑麻听着，不知不觉流出了眼泪。他忘了饥寒，忘了时间，陶醉在这美妙伤心的乐曲中。他又一次打起盹来，直到晾在竹篙上的滚钩被风叮叮当当吹出噪响。他也要回家了。有几个年轻学生伢却永远不能回家了。

划船回到家老伴热着的饭菜在锅里，进门就问："老倌子，你今天好难看，魂掉了一样的。"

他告诉她捞了三个人，全是大学生。老伴愣了，说都捞上来了？听村里的人说了，怪不得。

手机的短信提示音一直在响。一看，儿子的，烦了，看内容却是：

"你看电视。你可出名了。"

我出名了？

打开电视，全是江边救人的事情。还看到了自己和史壳子两个拖着水里的死尸，站在船上的画面，这可出了丑啊！

"……结成生命之链，谱写长江壮歌。水牛市大学生结成人梯救同学，三人英勇献身。今日下午3时许，在本市观音河与长江汇流处的观音湾，有一在此游玩的女大学生落水，发现险情后，其余的十多名大学生迅速冲了过去，因大多不会游泳，大家决定手拉手组成人链，伸向江水中救人。终于抓住了落水的女生，正在慢慢向岸边靠近时，其中人链中的一位女生因过于紧张和体力不支而松手，其他人加上脚下的流沙塌陷，人链瞬间断开，处在人链前端的有六七个同学纷纷落入水中。闻讯赶来的冬泳队和会水的同学下水救人。但最后赵一钱二孙三三名同学沉入湍急的江底而英勇牺牲。

事发后，水牛大学领导迅速赶到现场，当地消防、海事和医疗等部门也相继赶到组织搜救。由于该事发地处江水回流区域，水深流急，坡陡沙陷。浅处有四五米，最深处二十多米。经过成家村渔民和壳子打捞公司的打捞，截止到晚上六点四十分，三名英雄学生的遗体终于打捞出水，虽经医护人员现场进行全力抢救，终因沉水时间过长，未能生还。水牛市委书记李四和市长王五获悉此事后，对大学生舍己救人的事迹表示敬意，并指示有关部门妥善做好后续工作。记者获知，校方已成立专班处理善后事宜。

据现场有人反应，壳子打捞公司和捞尸渔民有挟尸要价和定价过高等问题，虽遗体打捞价格不在物价部门定价范围之列，但打捞公司明知溺水学生系见义勇为遇难而不及时打捞，特别是因打捞资金未筹集到位时，数次中断打捞，明显有违社会公德，遭到现场民众谴责。此问题正在调查之中……”

那是自己吗？那个站在船头叉腰挥手的人，那个用绳子牵着水下死者的人，那个在自己船上替史壳子挡沙子的老倌子，多丑啊。吃不下饭，他要睡了。他彻底地病了。他浑身哆嗦，奇寒奇冷。老伴也看得傻了，对着电视发呆。他赶紧上床。

可不一会堂屋里有声音，是勾老倌、虫老倌和哑巴三水都来了。勾老倌对着成骑麻的房里喊他，要他出来。

事情不好。他穿好衣服出来。勾老倌手上拿着一些钱，对他说：“麻老倌，钱要交回来。市里要收的。活总抓进去了，我们在收钱。”

“收我们的钱？”

“是呀。你劝劝三水，他又不识字，你让他看电视看不明白。”

“全部交出来？为什么？我们今天不白辛苦了？”

“还不是活总害我们啊！电视上播了，这下我们的鱼都没人买了，船不消开了。”

哑巴三水不明就里，嚷嚷得厉害。勾老倌就抓住他，把双手闭拢，意思是不交钱要戴手铐，又蹲下，意思是要坐牢。这就难怪了，史壳子撞在马蜂窝上了。想也不对呀，明明是重大溺水死亡事故吗？咋就变成了英雄事迹，学校的领导可高兴了，由事故责任人变成了英雄的领导，还得感谢他们教育出了这么好的大学生。他们这几个打捞的渔民却成了见死不救侮辱英雄的坏人。又听说死者中一个的亲人晚上来抢尸，有百号人，但警察也出动了上百人，把那些抢尸的队伍堵在了高速公路出口，进不来城里。死去学生的母亲要投江与儿子一起去。火葬场也全守起来了……

水鸟划过成家村的上空，声音像一种从未见过的乐器，像是男人临空的尖叫，飞向史壳子家的屋顶。那些刚死的泡佬都来了。

儿子短信说，明天把那女人送回去。

这还不错。是不是老子怄气出丑，你同情呢？好吧。他一夜难眠。早晨他就动身去对岸义忠村。管它的，钱不要就行了。我一个老倌子我第一个捞起了英雄我还犯了法吗？

他把船停在观音河里，再上岸步行。

这是初夏时节，鹧鸪在天空歌唱，汆鸡在草丛闷叫。麦子熟了，油菜割了。田野上到处是烧油菜秆的烟雾，砍过后粗壮的油菜蔸触目惊心，像大地狰狞的牙齿。顺着河堤走。堤坡上到处是疯长的魁蓟，针刺张牙舞爪，花序直立恐怖，像蛛丝网一样披在紫红色的花筒上。一些荒蒿，一些狼把草，一些泥糊菜，一些荆芥子，一些虱麻头，一些鬼针草。牛们吃的草太少了，被挤在一些牛屎成堆的地方哞叫。河下，有一条双体小渔船，有渔民在船上下罾子，这种船叫鹭鸶船，但船上没有鹭鸶。他们打鱼好悠闲啊，在这条清悠悠的小河里。如果儿子争气，我搬他这里来，不就可以在这里打鱼了吗？不与风浪搏斗，不再捞人捞尸，江湖偏远，清风明月，有鱼打鱼，有虾撮虾，没有鱼虾就船上睡觉，船上醉酒……

下了堤坡，径直往学校去。他在离学校不远的一个路边小卖部买了包烟，抽着，看着电视。还是这些画面，有许多人的采访，有赞美，有回忆，有谴责，有表功。谴责的是他们，挟尸要价的渔民——但小卖部的人不认识成骑麻，也不知道眼前在门口坐的人正是那个牵着尸的渔民。他只好低着头抽烟，生怕别人认出他来；表功的是学校领导。这本来是一场大事故，却在侃侃而谈是怎么把学校办成培养英雄的学校的。你就不能惭愧地向这些学生的家长诚挚地鞠躬道歉？你们罪责难逃！这真是太怪了，也不怕了。你们没脸还要我们要脸吗？不让学生学点起码的求生技能如扑泅，你们都教育些啥哩？书有啥用哩？掉进水里了书能救你吗？这样的英雄越少越好！你把他们整成了英雄，你就撇脱了干系，而英雄的母亲后半辈子可就孤苦伶仃了咧。她们是不想要震惊世界的英雄的，她们只想要一个默默无闻无灾无病的儿子，活着的儿子。而你们的宣传只要英雄，这不，播音员还在说“这是一个英雄辈出的时代”。难怪，观音湾永远是一个英雄辈出的地方！唉……

这么七想八想的时候，一阵哄闹声。他往来路一看，一群人过来了。啊，阳光像金色的羽毛扑愣愣地飞翔，天气晴朗，层云尽开，雾气消散。在灰尘扑扑的村路上，儿子用板车拖着校长的娘子像拖一头肥猪回来了。这真是浪子归来啊！校长的胖老婆五花大绑丢在板车上，哼哧着，显然有过拼命的挣扎，衣裳都散乱了，披头散发，嘴边白沫干结，狂叫过，呼救过，但现在的声音近乎临死前的微弱呻吟。她已经不能动弹，蜷在拖过垃圾和大粪的板车里，脸因为挣扎叫喊而肿得发白，肌肉松弛，喘气，就像是拳击台上抬下来的残兵败将。

这是一个多么清新的早晨，乡村水灵灵的。狗因为空气碧绿而昂头大叫，并且紧跟在板车后面。葳蕤的庄稼和旁边水渠里亮如油漆的芦苇与蒲草，起风过后飘荡在空中的小蜘蛛。池鹭像被风吹起的纸片，遍野都是，有的吹到了牛背上，站着，神情飘逸。鱼塘里，增氧机在鼓动着大批的氧气，搅起绿色的水花。篱旁的牵牛花蓝莹莹的，塘埂上喂鱼的黑麦草，像铺着一层厚厚的毡子。他的儿子成涛，弓着腰，双臂小巧的肌肉紧结着，腮帮子咬成三瓣，敞着印有黄龙的T恤，板寸头上挂着一颗颗亮晶晶的汗珠。

一群村民和学生伢子跟着板车奔跑着，呼前拥后，整个村子像过节似的。成骑麻看到校长满含热泪，开始点燃手中的一挂鞭炮。噼里啪啦的鞭炮声炸得多喜庆啊。

有人给板车上的校长老婆松绑。她因为反抗，让成涛给多上了几圈绳子。这也是捆死尸的绳子，是自己船上的，成涛拿来的。校长老婆的脖子上、背上、腰上全是绳子，肥硕的屁股紧勒了好几圈。儿媳牵着背书包的孙子也赶来了。一家三口人团聚，紧紧抱在一起。热泪滚滚的校长也扶起他的老婆，用消瘦的双手揽住了老婆越来越强悍的双肩，两个人抱头痛哭，喊着对方的名字。

“成涛走对了一步，女人嘛，哪有自己的儿子重要……”

“这下好了，救了两家……”

“和气生财……”

校长破涕为笑，对着他的学生命令道：“欢迎成小虎同学归队，现在，升国旗——”

孙子小虎走进了向国旗致敬的学生队伍里。

多少人眼里泪光闪闪。

傍晚，成骑麻回到观音湾江边，刚一停泊，就有几个人冲上他的渔船，劈头盖脸给了他几巴掌。成骑麻被打得金星直冒，人站立不稳，差一点晃进江里。

“就是你，我们等你一天了！你这个老狗日的混蛋，看你还坏不？我们代表广大市民教训教训你，你他妈挟尸要价，还没抓进去呀，史克治不是抓进去了吗？个老狗日的，叫你侮辱英雄的！……”

几个中年妇女也认出了他，爬上船来要抓成骑麻的头发、抓他的裤裆，抓他的脸。

“你没有孩子的？你这大年纪了要钱去买棺材的？”

“你是棺材里伸手——死要钱哪！”

他只好往岸上逃。他跑，他捂着被抓得血淋淋的脸，捂着鼻子，鼻子里也鲜血喷涌。他两眼昏花，双脚瘫软，跌跌撞撞，爬上沙滩。他顾不了他的那条破渔船。那些人把他的渔网往岸上扔，把他的滚钩——一百米的、六十米的全搜出抱上了岸。竹篙丢进江里，船板撬了，桨桩抽了，扔到岸上堆成一堆。桨和锚也丢进江里。他看见几个人在拆他的船篷。所有物品被扔下船，有人找来了浪渣，点燃了。这些他船上的物品，被付之一炬。火烧起来了，很干枯的东西，加上风，火一点燃，风一呼啸，火就大了。他无力阻挡。那些人在那儿吼着骂着笑着起哄着。

“老不死的，看你还要钱不……”

“断子绝孙的老狗！……”

有人举着燃起的木棒，扔向他的船舱。

他要跑过去，他不顾一切地求饶似的喊：“不要烧我的船！不要烧呀！这是我老两口过生活的船呀！”

他冲上船去，用手抓那些燃烧的木柴浪渣，不管手烫没烫。手不要了，船要。这比老命还重要，几十年的船，养活了一家人的船……

手上没有了疼痛的感觉，他没有水桶，就用双手去戽水，拼命戽。岸上的那些人，都在哈哈大笑。

他总算把火弄熄了。那些人看他在水里跳来跳去，没有一个人帮他，全是看冷的、耍笑的、袖手旁观的。

一个烧黑了的空船，渔具、捞尸的工具，全没啦，化为灰烬啦。他坐在水边，湿淋淋的，双手焦痛，从灰烬里扒出烧得发黑的滚钩，锋利的滚钩，挂过许多死人也挂过无数腊子、江猪子、大鱼的滚钩，捧着它们——这些已经渐渐冷却的滚钩骨头，坐在夕阳里。

人陆续走了。夕阳慢慢沉落。那个吹萨克斯管的人又出现了。他依然吹着《回家》。他是在唤魂，唤那些落水者的魂。忧伤安静的旋律在江面上雾一样蔓延。

一个女孩子，双手抱膝，坐在水边，无声地流着泪，朝江上久久望着。最后一线夕阳里，那女孩子眼边的泪晶莹闪亮如宝石。涨水了，水流低吼急遽。一片旋转的漩涡，一江向东流去的鼓荡浑水。

捧着那些钩，望着对岸，他想，我该怎样回家呀？

陈应松主要著作目录

长篇小说：

1. 绝命追杀．武汉：长江文艺出版社，1992.
2. 别让我感动．北京：群众出版社，1997.
3. 失语的村庄．郑州：河南文艺出版社，1999.
4. 魂不守舍．石家庄：花山文艺出版社，2003.
5. 猎人峰．上海：上海文艺出版社，2008.
6. 到天边收割．南京：江苏文艺出版社，2008.
7. 还魂记．南京：《钟山》杂志，2015（5）.

小说集：

1. 黑艄楼．北京：中国文学出版社，1993.
2. 苍颜．海口：海南出版社 1993.
3. 大寒立碑．北京：中国文学出版社，1994.

4. 大街上的水手. 武汉：长江文艺出版社，1999.

5. 豹子最后的舞蹈. 沈阳：春风文艺出版社，2004.

6. 松鸦为什么鸣叫. 武汉：长江文艺出版社，2005.

7. 马嘶岭血案. 北京：群众出版社，2005.

8. 狂犬事件. 武汉：武汉出版社，2006.

9. 鲁迅文学奖获奖作家丛书·陈应松小说. 北京：中国社会出版社，2006.

10. 太平狗. 天津：百花文艺出版社，2006.

11. 呆头呆脑的春天. 石家庄：河北教育出版社，2006.

12. 暗杀者的后代. 北京：群众出版社，2006.

13. 马嘶岭血案. 成都：四川文艺出版社，2007.

14. 陈应松作品精选. 武汉：长江文艺出版社，2010.

15. 星空下的火车. 沈阳：春风文艺出版社，2010.

16. 一个人的遭遇. 石家庄：花山文艺出版社，2013.

17. 无鼠之家. 南京：江苏文艺出版社，2013.

18. 湖北作家文库（第三辑）·陈应松卷. 武汉：长江文艺出版社，2014.

19. 陈应松中篇小说自选集·马嘶岭血案. 北京：作家出版社，2015.

散文随笔集：

1. 走向梦想．北京：新华出版社，1991.

2. 红星骁将．武汉：湖北人民出版社，1993.

3. 世纪末偷想．武汉：武汉出版社，2001.

4. 在拇指上耕田．武汉：武汉大学出版社，2002.

5. 小镇逝水录．天津：百花文艺出版社，2005.

6. 所谓故乡．北京：地震出版社，2012.

7. 灵魂是囚不住的．上海：东方出版中心，2012.

8. 春夏的恍惚．北京：地震出版社，2014.

9. 写作是一种搏斗·陈应松文学演讲集．武汉：长江文艺出版社，2015.

诗集：

1. 梦游的歌手．武汉：长江文艺出版社，1991.